黃檸檬

레몬

權汝宣

권여선

目錄

推薦序

若想被看見，你可以——先去看見

吳曉樂

《黃檸檬》後勁強到我宿醉。

翌日清晨，朦朧想起一位原先並不認為那麼重要的角色，為什麼是他？那麼平凡，看似無所緊要，卻在尾聲享受作者呈獻的絕美畫面。要求自己重讀，第二回恍然大悟、復啞聲失笑，是我太吊兒郎當又預設立場，與作者的縝密安排擦身而過，哎，簡直跟書裡那些勢利的傢伙沒有兩樣，但，容我抗辯，倒帶、重來，交出我的路線圖來換取諒解，換作是你，如何不陷落我曾置身其中的岔路？如何借浮游之輕盈來明白生命之重？

一切始於「美麗女高中生命案」。金海彥被人發現陳屍於公園花壇，頭部遭受鈍器重擊。海彥有多美麗？妹妹多彥腦海中拼湊著嫌疑犯之一韓曼宇接受警方偵訊的時候，竟也想著「刑警的腦袋裡，也並非不會偶爾浮現與犯罪無關之事，像是姐姐屍體所呈現引人注意的美妙姿態」，多麼情熱的形容啊，少女殞落的肉身猶在發光，自這一刻起，我被牽引到離「理解」更遙遠的地方。多彥教我犯了錯。她是海彥的親妹妹，卻領著我一同誤入歧途。從她第二次描述「眼中的姐姐」，我才恍然大悟，海彥是多彥親愛的姐姐，也是身世的摯敵。

村上春樹《國境之南．太陽之西》有句話為：「人類在某些情況下是：只要這個人存在，就足以對某人造成傷害。」對多彥而言，此言不假，海彥太美了，更讓人惱恨的是，海彥甚至疏懶、不情願打理她的美，她時常放任私處裸裎，姐妹倆的母親忍不住發狠抽打錦繡般的女兒，多彥也受命看守海彥的肉身。海彥簡直不可思議，獸性與神性俱存，什麼元素都尋得著，仔細凝睇又不復存焉，海彥高於一切，多彥僅能描述，無權定義，更嚴苛地說，海彥的美貌如異能，狹持眾人，要人不得安寧。肉身蒙受毀損，美亦失所歸處，母親以不健康的手段紀念海彥，最終多彥的五官也淪為姐姐美貌再現的載體。

不及細想，另一名女子站向麥克風，尚熙，海彥的同班同學，多彥求學時無比依賴的「文藝小姐姐」。尚熙沒有忘記，那年韓日世界盃，海彥死去，人群騷動湧現，以單薄知識推擬真兇。然而讓讀者坐立難安的，是尚熙跟多彥之間的驚悚張力。高中時期兩人嚮想文學，命案之後再次相逢，尚熙卻莫名感到心煩、計較多彥每一行止，為什麼尚熙洞曉多彥胸中慘痛，攻擊多彥的惡意卻沒有一瞬方歇？尚熙在恨著什麼，容後再述。第三個女人尹泰琳翩然現身，尹泰琳兩回出手，句句砸得讀者眼花，一次暗示命案真相，另一次，她說明多年以後，另一場犯罪被踐行，這一回兇手的身分昭然若揭。尹泰琳提醒了讀者，若把《黃檸檬》如因式分解般拆為緝兇、探究犯罪之作，未免小覷作者野心，你反而要因真相一次次大白而無所適從。

多彥跟尚熙再次碰面，十年之遙，語境仍縈繞著海彥之死，尚熙終於有能耐告解，「在海彥面前，我們真的稱不上存在」，沿著「存在」的軸線滑翔，最後降落至「人是為了什麼而活」。尚熙一度在命案後抒發「多彥很清楚地意識到自己失去了什麼，而我卻過著連自己失去什麼都不知道的生活」，這句話或能讓讀者稍稍同理尚熙的「怨有所本」，多彥的生命有一明確創傷的指導，多彥有倖存者的艱難，然而多數的人們缺乏一個交代自身處境的身分，僅能承受著無明之苦。尚熙不願尋找存在動機，轉而把怨投射在多彥身上，雖令人遺憾，卻也不脫常情。於此，多彥也對神、也對人的懦弱，提出了極為嚴苛的質問：凡事回歸於神的旨意，是否僅僅是為了讓自己能心安理得地旁觀他人之痛苦？多彥向尚熙提議「不如相信詩」，更令人惶惑，信仰無用，莫非藝術容有救贖？我個人循著文藝復興時期以降的人文哲思走近多彥：詩由自己創造，而神本來就在那兒。哪怕掙扎徒勞，我們也能從徒勞之中摸索出個人存在的座標。多彥問尚熙還寫詩嗎？反面的意思也可能是——尚熙妳還掙扎嗎？

於此，我終於被作者的靈犀給擄獲。原來，支撐故事血肉的骨架是「人如何存在」。多彥的「個人性」被姐姐的容貌給蠶食鯨吞，是誰賦予了海彥美貌這麼大的權力，亦是人，海彥的美貌是貨幣，人類為其填充價值，也讓它從此役使著我們。

一如韓曼宇，在「家世殷實」（因而春光無限好）的申廷俊面前，何錯之有，竟也無地自容。社會學家創建名詞「社會性死亡」，為人的存在狀態拉繹出重要象限，在他人眼中，某些個體被視為不具備「活著」的質量、或有所欠缺。多彥找上韓曼宇，本意為興師問罪，卻看見兩人原來殊途同歸，他們都被褫奪了好好活著的資格。多彥不甘於此，她一點點逼近韓曼宇一家人，初衷為，若想復仇，得先確認敵人的臉，韓曼宇則回贈以另一動人觀點：若想被看見，你可以——先去看見。

有一知名的哲學思考實驗為：假如一棵樹在森林裡倒下而沒有人在附近，它有沒有發出聲音？背後延伸而出的問題是「不被感知而存在的可能性」，作者權汝宣以文學的結構撐出迂迴的空間，多彥為了姐姐，為了自己要活下去，隻身走入未曾設想過的密林，聽聞了一個渺小的人類所製造的巨大回聲，她甚至聽見了，十九歲少年，無人知曉的怦然心跳。《黃檸檬》的主題於焉脫胎而出：在生命跟生命之間，先不做任何選擇。

黃檸檬

레몬

權汝宣

권여선

短褲，2002

我想像許久以前，在某個警察署調查室裡曾經有過的場面。說是想像，不代表是虛構，但也非親眼所見，所以不知該怎麼形容。我是根據從他那裡聽到的說法和幾項線索，再憑藉自己的經驗與推論去想像那個場面。不只這個場面，凡是圍繞著那椿「美麗女高中生命案」的一切細節、畫面、情景，十六年來我一直不間斷地沉思、撫觸和加工，於是那些深印在腦海裡的景象，就彷彿我親眼所見或親身經歷，常讓我陷入一種痛苦的錯覺。想像所帶來的痛苦，與真實不相上下——不，可能比真實更痛苦，而且沒有止境，也沒有期限。

少年獨自坐在調查室裡已經超過十分鐘。除了一張桌子和四張椅子外，裡頭空無一物，牆上沒有裱框，桌上也沒有花瓶或菸灰缸。有一種人，不管做什麼事都讓人感到彆扭，少年就是那樣的人。他的坐姿不自然，眼神像快睡著般渙散。或許是因為不知該看哪裡，所以更顯得無神，差不多就和相機鏡頭無法在白色的平面上對焦一樣。

刑警進來，坐在少年對面，少年的眼睛總算稍微回神。

「韓曼宇！」

聲音雖低沉，聽起來卻毫不留情，像是訓導主任或級任老師在喊準備受罰的學生名字，語氣嚴厲。這聲音帶著敵意，插入韓曼宇的胸口正中央。我想，這似乎預告著即將成真的殘酷命運。當時學校裡的朋友沒有人會用這種口氣叫韓曼宇。

學校同學有人喊他「阿嬤」★，有人喊他「愚人節」☆，但是他最響亮的綽號還是來自〈恨五百年〉◆。同學們認為這首歌的第一小節——「恨滿……唔唔……世間啊，薄情郎啊」，根本就是用他的名字起頭。只要發音模糊帶過，聽起來就毫無破綻。這個綽號的吸引力太強，漸漸地沒有人再喊他「阿嬤」或「愚人節」，每當同學呼喊他時，就會拉開嗓門大唱名曲：「恨滿……唔唔……。」一直到命案發生前為止，我都不知道他這個人的存在，那時他念高三，我念高一。不過只要稍微回想一下，的確偶爾會聽到學校走廊某處傳來呼喊他的歌聲，悲切卻又搞笑。在悠長的呼喊聲裡，完全聽不到那樣濃厚的敵意。不過在事件發生之後，他就沒有再被這樣喊過了。沒有人喊他，也沒有人能再喊他了。

我偶爾會像從前那樣喊他：「恨滿……唔唔……。」喊完後我不禁納悶，一段充滿恨的生命裡，還存在意義之類的東西嗎？我指的不是抽象普遍的生命，而是具體的個人生命。在他的生命層疊中有所謂的意義嗎？不，應該沒有，我認為沒有。我認為任何生命都不存在特別的意義，不管是他的生命，姐姐的生命，還是我的，無論如何找尋，甚至是想編造，沒有就是沒有。輕易地開始，又輕易地結束，這就是生命。

刑警命令少年仔細聽好，他說這次和上次不一樣，每個問題都要想清楚再回答，否則情況有可能變得對他不利。少年盯

★ 譯註：「韓曼宇」與「老太婆」韓文「할망구」發音相近。
☆ 譯註：「曼宇」與「愚人節」韓文「만우절」的前兩個字同音。
◆ 譯註：〈恨五百年〉為江原道民謠。

著刑警看，從他臉上什麼也解讀不出來。少年雖然遲鈍，還是莫名感覺到刑警比第一次調查時更可怕。刑警不知在生什麼氣，火大的人看起來總是特別恐怖。

「我們來確認上次偵訊的內容。」

刑警用原子筆謹慎地敲著桌子，一邊問訊。

「二〇〇二年六月三十日十八時許——也就是下午六點左右，你騎輕型機車外送炸雞的途中，有經過申廷俊所駕駛的汽車旁，對嗎？」

「不對哦。」

「不對？」

原本低頭確認文件的刑警抬眼問他：

「之前的陳述內容是這樣寫的哦。」

「是『外送完回去的途中』，不是『外送的途中』。」

刑警的視線又拉回來，不是什麼大不了的問題。

「那這裡為什麼寫『外送的途中』？總之，炸雞外送完回去的途中，有經過申廷俊駕駛的汽車旁，對吧？」

「是的。」

「所以，有看到是什麼車款？」

「嗯？」

刑警認為少年故意假裝聽不懂。

「車款！我問你什麼樣的車？」

「我不知道是什麼車，好像是深灰色的，閃閃發亮，我有說過啊，上次問的時候。」

「所以，就是上次啊。喂，我不是有講現在要確認上次的偵訊內容嗎？你剛才是說『閃閃發亮的深灰色汽車』對嗎？」

「對。」

刑警從文件裡抽出一張照片。

「是這種車，對嗎？」

少年探頭端詳過照片後，看著刑警說：

「好像是。」

「就算不是這台車，也是這類車款，對嗎？」

少年又看了照片一眼，再望向刑警。

「好像是。」

「對嗎？」

「是的。」

「好，很好。」

刑警又拿出一張照片，少年看過照片後再度望向刑警。

「這是你騎的輕型機車，對嗎？」

少年立即回答是。

「很好。」

刑警作勢翻找文件，放慢關鍵性一擊的出手時間。

「現在開始確認，最重要的關鍵。你說當時看到金海彥坐在申廷俊車裡的副駕駛座上，對嗎？」

「是的。」

「你說她的穿著打扮怎樣？什麼髮型？穿什麼？」

「她把頭髮放下來。」

「把頭髮放下來，所以頭髮沒有綁，而是放下來？」

「是的。」

「再來？衣服呢？」

「衣服……是背心搭配短褲。」

「你說穿背心搭配短褲？」

刑警將句尾輕輕拉高。

「是的，我是這麼說的……」

「嗯，你這麼說，代表你記得吧？顏色呢？」

「嗯？顏色嗎？」

刑警心想，這個傢伙終究無法讓答案一次切中問題核心。

「我說衣服顏色！背心和短褲的顏色？」

「那個，我不知道。」

「想不起來嗎？」

「我不清楚。」

「知道穿背心和短褲，卻不知道顏色？這有可能嗎？」

「不知道啊，我。」

刑警感覺少年的語氣好像在隱瞞些什麼，有種模糊帶過的味道，他閃過一個念頭，心想終於釣到了。就在那時，少年突然環顧起四周。

「你怎麼啦？」

「我得走了，現在要走。」

「什麼？」

「幾點了？我現在得去打工。」

少年雙手撐在桌上，做出準備離開的姿勢。看到少年這樣，刑警不發一語地怒視著他。當時刑警在想些什麼？他是否暗自咬定「沒錯，就是這傢伙」？當他俯視凝望少年撐在桌上的拳頭時，是否也在掂量這雙手，有無足夠的力道抓住磚塊砸向人的頭部？雖然這雙手看起來比申廷俊強壯有力，但或許刑警在遲疑之後，還是會搖搖頭，畢竟要搥打少女有著亮澤潔淨髮質的圓形頭部，實在不需要太大的力氣。反倒是申廷俊在體格上占有優勢，他靠運動鍛練出結實的肌肉，而韓曼宇卻只是中等偏瘦小的體型。

刑警清了一下喉嚨，提醒少年從現在起仔細聽好他說的每句話。

「你陳述的內容不合理，你看看這個。」

刑警將兩張照片挪到少年眼前，逐字清楚地說明。最重要的一點，申廷俊開的不是一般轎車，而是LEXUS RX300，也就是SUV車。這種運動型休旅車的座位較高，車窗當然也會比較高。「可是看看你騎的外送摩托車，你坐在上面所看到的視角與LEXUS的車窗是平行的，甚至可能比它還低。」刑警說明到此，停下來問少年知道這代表什麼意思嗎？少年沒有回答，於是刑警連答案都必須親切地告訴他。

「這代表什麼意思呢？這個意思就是你坐在那台矮冬瓜摩托車上，絕對不可能看得到副駕駛座上的金海彥是穿短褲、還是長褲。」

話雖這麼說，其實刑警也沒有把握少年到底能不能看得到，他只是推測而已。不過當他看到少年吃驚的表情時，他心想果然沒錯，現在只要再使勁推一把就差不多了。

「所以，你就成為手持鈍器殺害金海彥可能性最大的嫌疑犯。」

少年受到驚嚇，不由得縮了一下肩膀。

「啊？為什麼？」

不管做什麼都顯得彆扭的少年，他的一舉一動看在刑警的眼裡，就像是生硬的演技。刑警心想，無能的傢伙什麼都做不好。

「你問我為什麼？你現在有聽到我說什麼嗎？我不就是在說，是你殺了金海彥，然後假扮成看到申廷俊殺金海彥的目擊者？」

「不是我。怎麼會是我？我幹嘛要殺她？」

「這我哪會知道？要問你啊。」

「我和她沒有講過半句話，人家說她本來就不太講話。」

「誰說的？」

「同學們，大家都這麼說。跟她說話也不回，我根本沒有找過她講話。」

雖然是事實，但刑警對這類與命案無關的對話毫無興趣。

「你在胡說些什麼？喂，韓曼宇！不然你怎麼可能看到金海彥穿的是短褲？你說你看到了？你跟我說清楚，你為什麼能看到她穿的是短褲？」

刑警將上半身前傾，想聽聽看這傢伙要如何辯解？如果是輕型摩托車緊貼著 LEXUS 向內看，或許可以看到下半身衣著。

好一會兒，少年才像要吐出喉間的食物般費力地開口說話：

「我不知道有沒有看到……」

少年的話尾支吾其詞，不過刑警已經沉浸在勝利感之中，沒注意到這一點。

「不知道有沒有看到？哈，到現在才說不清楚怎麼回事？」

「不是那個意思。」

「不是那個意思？」

「她……好像也有看到。」

刑警瞇眼盯著他。

「她……也有看到？」

少年閉上嘴，不想再多說什麼，甚至連已說出口的話都想吞回去。

「你大概還沒搞清楚事情的嚴重性，別跟我打馬虎眼。至今你都說只有你看到，怎麼現在又說好像還有誰看到了？」

「我沒說過『只有我看到』。」

「你沒說只有你看到？好，那還有誰也看到了？」

「一定要說嗎？我可以不說嗎？」

少年似乎不想說，他真的不希望在警察署調查室裡提到她。那天她從後面輕輕摟住自己，腰間傳來的一陣暖流至今仍清楚浮現在少年的腦海裡。想像起當時的觸感，或許少年真的就在刑警面前傻笑起來，就像他在我面前提到時一樣。

「你真的瘋了嗎？」

刑警有一股想朝少年那張如醃黃瓜般的臉抽打的衝動。

「你還不好好回答？你，現在是在推翻上次的陳述內容。你說不只你看到，意思是還有其他人一起看到嗎？」

少年抽動上唇，像是有什麼話欲言又止。

「唔……我……」

刑警豎起耳朵聽。「吳」……是姓「吳」的傢伙嗎？

「我……真的該走了。」

刑警像洩了氣的皮球，少年根本具有把人整瘋的天賦。這傢伙是比想像中的還遲鈍？或者那是一種擅長模仿「遲鈍」到出人意表的才能？

「你如果不好好回答，今天就別想離開。不，明天、後天也別想走，而且可能永遠都走不了。」

「不行啦。我們社長一個人沒辦法做那麼多事，我非走不可，現在就得走。」

「所以囉，我問你還有誰也看到了？」

少年壓低聲音講了一個名字，這次刑警的身體沒有往前傾，而是語帶威脅。

「這小子，還不大聲點？」

「泰……琳。」

少年的嘴裡總算吐出些口沫。

「泰琳……？」

「尹……泰琳。」

「尹泰琳？尹泰琳是誰？」

「三班的，和海彥同班。」

「女生嗎？」

少年隨即做出一個茫然的表情。

「啊，當然是女生。三班是女生班耶。」

刑警覺得委屈，自己哪會知道三班是女生班，還是男生班？接著才想起「啊！和金海彥同班」，讓他更加火冒三丈。

「這麼重要的事，為什麼現在才說？那你上次做的是偽證，我可以用偽證罪辦你。從現在起，你再不說實話，我就要發火了。你那天和尹泰琳在一起嗎？」

「是的。」

刑警感到頭昏。

「為什麼？」

「泰琳叫我載她。」

「什麼？用摩托車載她？」

「是的。」

「啊，我要瘋了。所以，你不是一個人騎摩托車？你不是說正在跑外送的……不，是外送跑完，正要回家的路上嗎？」

「外送跑完正要回家，但是剛好在路邊啊，泰琳一直揮手，我一停車，她就叫我載她。她說自己有急事。」

「所以，你們兩個人騎到半路，看到申廷俊的車？」

「我不知道那是廷俊的車。不對，聽說是他姐姐的車，剛買不久的新車，給廷俊開。泰琳突然叫我騎過去，到前面。」

「突然叫你騎過去，到前面？」

「等紅綠燈的時候，泰琳叫我過去站著，到前面。」

「哪裡的前面？」

「廷俊車子的前面。」

「為什麼叫你去站著？到前面？」

「這個嘛，我不知道。」

「所以你就去站著，到前面？」

刑警逐漸感到不耐。少年使用的奇怪倒裝句不斷刺激他的神經，讓他感覺自己連話都快說不清楚。

「是。」

「所以呢？」

「所以啊。」

「什麼『所以啊』？」

「我是說泰琳可能也看到了。」

「泰琳可能也看到了。」從這句話裡，刑警確認到少年做了偽證，但我聽到的卻是事實。那天，尹泰琳想知道申廷俊的車裡坐的是誰，所以要韓曼宇騎摩托車追上去，停在申廷俊的車前。這句話隱含著韓曼宇腦海中揮之不去的微妙事實。

「可是，你上次為什麼沒有提到尹泰琳？」

「就……不想啊。」

「什麼不想？」

「摩托車啊。」

「摩托車不想？」

「我說，泰琳啦。」

「泰琳怎樣了？」

「坐摩托車。」

「你說泰琳不想坐你的摩托車？」

「對。」

「那你為什麼要載她？」

「泰琳要我載她，一直揮手。我沒有說要載她，沒有先說。」

「嗯，你沒說要載她，這個我知道了，但她不想坐，你為什麼要載她？這些事一開始怎麼沒講？」

「大叔你不知道，她絕不會坐的……那種車。」

刑警這時已經快發瘋了。

「所以，不是你不喜歡，是泰琳不喜歡摩托車。不想坐摩托車這樣的車，是這意思嗎？」

「她不坐，死都不坐，外送那種摩托車。她叫我載她時，我嚇了一大跳。那時也叫我趕快放她下車，我馬上就放她下來。她不喜歡啊，那種車。」

「叫你趕快放她下車，你就放她下車。是什麼急事？」

「急事？」

「你不是說她很急，叫你馬上停車載她？」

「我沒問啊，這個問題。」

「沒看過這樣的傻瓜。」刑警心想。少根筋的刑警或許不清楚，但是覺得騎摩托車丟臉的女孩卻坐上傻瓜少年的輕型摩托車，催他超越申廷俊的車，不久後又下車。可見她的急事是什麼，不也很清楚嗎？泰琳就是要確認誰坐在申廷俊的車上，而且在她達成目的，確認到是姐姐坐在車裡後，她就立即下車。當時泰琳看到了什麼？泰琳眼裡看到的姐姐有多美麗，又有多可怕、多殘忍？

刑警搖了搖頭。刑警確信，將尹泰琳這個人扯進來是想分散刑警的注意力，但這個沒大腦的小子最後只是在挖洞給自己跳，無法改變什麼。

「但是韓曼宇，你還在說謊啊。」

「我沒有，沒說謊。不過，我得走了，真的。」

「什麼沒有？你百分之百在說謊準沒錯。我會再傳喚尹泰琳，不過你說謊也要前後一致啊。你都看不到了，尹泰琳是要怎麼看到？就算她有看到金海彥放下頭髮和穿背心，尹泰琳她是女生，個子會比你高嗎？就算比你高也看不到啦。她和你一樣，不可能看得到金海彥穿的是短褲。」

少年噘著嘴說：

「我得走了，我說真的。」

「這小子，我講的話你到底有沒有聽進去？我說了幾百次，坐在你那台矮冬瓜摩托車上，不管怎樣都不可能看得到是穿短褲。」

「是的。」

「什麼？是的？哈，你這臭小子。你承認你也沒看到嗎？」

刑警終於帶著強烈的確信口吻問話。

「我也不知道，可是……」

刑警豎起耳朵聽。

「老是，說那台車矮冬瓜，請別這樣說。」

刑警乾笑了一聲。

「你在說什麼啊？我再問你最後一次。你既然看到了，那尹泰琳應該也有看到，是那個意思嗎？」

「是的。」

「我會再調查看看，如果不是，你就死定了。」

「我可以走了嗎？現在。」

「走，走。」

刑警不滿地盯著少年從椅子上起身鞠躬，然後拖著運動鞋步出偵查室的背影。或許他還會把文件豎立起來敲打桌面，再將文件邊角對齊，同時沉思良久。我知道刑警有這樣的習慣。我還知道他的另一個習慣，就是會將邊角已對齊好的文件放下，再用一隻凹陷的原子筆慢慢地點擊文件，使好不容易整理好的文件四散。

刑警的語氣和表情，甚至連脖子粗短、看起來像大猩猩一樣肩頭聳高的體型，至今仍然歷歷在目。因為刑警來過我家好幾次，也找過母親和我去警察局。

那天刑警應該盤算清楚了——少年有如醃黃瓜般的臉和申廷俊白淨的臉，少年的廉價世界盃 T 恤和申廷俊的長春藤學院風扣領襯衫，寡母和會計師父親，全班第二十名和全校第十名，證明前者和後者不在場的那些人說話的可信度等等。所以心中思考的恐怕不在於真正的犯人是誰，而是在於如何逼供才能使人認罪，以及該不該這麼做。而事實上，他的確想這麼做。

像組裝樂高一樣，我花了許多時間在想像中拼湊著韓曼宇第二次偵訊的場面。他總共接受七次偵訊，第二次偵訊就已經暗示了案件真相與日後的發展方向。但是有件事很奇怪，每每想像第二次的偵訊場面，我的想像往往會出現過多細節，就像突然混入細碎散亂的樂高積木那樣。這是我自己的問題，與韓曼宇或刑警無關。

這次的想像也是一樣。我寫道：「或許刑警俯視少年的拳頭，心想畢竟要搥打少女有著亮澤潔淨髮質的圓形頭部，實在不需要太大的力氣。」我不知道為什麼會夾雜「有著亮澤潔淨髮質的圓形頭部」這種非必要的內容。就算是圓形頭吧，在挨上一記磚頭之後，髮質是否亮澤潔淨應該都不會有影響。刑警在調查室裡偵訊嫌犯，不可能還分心想著這些無濟於事的描述。當然刑警的腦袋裡，也並非不會偶爾浮現與犯罪無關之事，像是姐姐屍體所呈現引人注意的美妙姿態。不管是不是，其實都無所謂。問題是我會在想像的偵訊場面裡，悄悄加入那一類多餘的畫面，我會借刑警的想法表達我的感覺及我的慾望。如此說來，是否我仍未從那些事情走出來？十六年過去了，是否至今我仍未從那些蒼白流暢、且非必要的細節中，以及曾經讓我將臉整容到像劣質拼布的，那過度美麗的記憶裡，踏出半步？

沒錯，姐姐是那種任誰見過一面，都會難以忘記的美麗少女。空洞無物的完美形體，本身即耀眼迷人，更何況當時才十九歲？是誰毀了那美麗的形體？是韓曼宇？還是申廷俊？或者還有第三人？現在我知道了，就算不知道那天的兇手是誰，至少我知道誰不是。不對，兇手是誰我也知道。我知道為什麼犯下這樁案件，而且我知道兇手到死都不可能從罪惡感中走出來。

耳邊傳來媽媽的逗弄聲以及孩子的咯咯笑聲，孩子的笑聲對我就像警示犯罪的鐘聲。孩子快上小學了，我也即將成為學生家長。在十七歲那年的六月以前，我做夢都沒想到自己會過這樣的生活。這樣的生活並非我所願，然而既已成事實，那過這種生活到底有何意義？雖然不曾期待過，但是我也無法說我不曾選擇過。

詩，2006

斜陽西沉，我步下圖書館前的階梯，對面迎來一名穿米色雪紡衫、搭配黃裙的女學生。前一天鎮日下雨，寬敞的水泥梯邊曬不到太陽，被打濕成深灰色。我看了沿著浸濕的階梯邊緣往上走的女學生一眼，隨即又把視線挪開，然後再移回來。不管是把視線挪開，或移回，都是因為我非這樣做不可。女學生極瘦，膚色偏黃，或許是受到黃色衣服影響所致，慢慢走近後我才發現，她穿的不是雪紡衫搭配裙子，而是由上而下黃色漸層加深的連身洋裝，肩膀的部分幾乎全白，裙襬下緣則是接近橘色的深黃。不過吸引我的不是她全身有如光譜的穿著，而是在衣服之上的臉孔，尤其是她的表情。不，那稱不上表情，她沒有做出任何足以稱為明確表情的表情，所以吸引我的是她的面無表情。

這種面無表情的表情，帶給我難以言喻的獨特感覺。在年輕女孩的臉上，我不曾看過像這樣有多種奇怪意象混雜的表情。她的面無表情並不是沒有表情，而是在於表情的令人難以理解。她的臉孔既陌生又熟悉，像是很久以前見過，卻又像是未曾謀面；稱得上認識，也可說不認識；是令人想迴避，但同時也是令人想凝視深望的臉。女學生的臉不會難看或可憎，甚至算是漂亮的。身穿黃衣，加上她背後逐漸褪去的淡紅晚霞，使她看起來像是盛大煙火中亮眼的蕊芯，只不過在這華麗的景象之後，投射的卻是未乾的階梯邊緣處潮濕深灰的陰影。

女學生意識到我的眼光，回頭看了我一眼。她的眼神沒有想要打招呼的念頭，倉促閃過。這麼說來，她是認得我的！一股莫名的恐懼瞬間籠罩著我，我幾乎就要逃往階梯一旁的草坪了。不過，想知道她是誰的好奇心也更為強烈，於是我斜著橫越寬敞的階梯，朝她走去。她停下腳步，把頭壓低。

「是多彥！」

「原來妳認得我。」

她開口說話，看來她真的是多彥——海彥的妹妹，多彥。她的語氣如同外貌一樣，讓人感到陌生。雖然我回應「當然認得」，事實上直到剛才我都還無法確定是否認對人。要是她當場否認，我就會趕緊為我的冒失道歉，然後準備走下階梯。

然而當我才剛說出：「真的很……」多彥的臉上瞬間浮現知道我要說些什麼的神情，我趕緊轉移話題。

「妳瘦了！」

多彥的笑容帶著一絲迷濛。

「尚熙姐還是和以前一樣。」

雖然「尚熙姐」和「以前」這些話令我難過，但是更讓人感到悲傷的是多彥的淺笑。她不是一個習慣這樣笑的孩子。在以前，甚至不過幾年前，多彥都還是個會咧嘴發出清亮的高音，像滑下山坡的腳踏車鈴般——叮鈴叮鈴笑的孩子。我不自覺地抓住多彥的手臂。

「不忙的話，找個地方喝杯茶吧。」

多彥縮了一下身子，似乎有所警戒。剎那間，我的手掌心傳來胳膊骨的尖硬觸感。多彥真的很瘦，瘦到可怕。

父親從軍中退伍時，我正好念高中二年級。他在家中賦閒了幾個月時間，家中的氣氛逐漸轉為低迷。老媽動不動就碎唸，唸說為何一天到晚無所事事。烤海苔時碎唸，舀湯時也在發牢騷，說老爸一事無成。當老媽知道我沒拿到班上第一名時，還立即大聲鼓掌叫好，說些「反正沒錢念大學，這樣反而好……」之類冷酷的話，像是要鄰居都聽見一樣。幸好父親透過認識的上司介紹，進入位於首都圈的一家中小企業上班，我們全家才得以從忠清道搬到首爾。

十一月底，我懷著一絲興奮與期待，轉學到首爾的一所高中。雖然這裡是男女合校，但同一個年級卻是男女分班。儘管抱著興奮與期待，我卻找不到和班上的首爾同學打成一片的機會。那時正值學期末，教體育的班導師為了照顧像我這樣的轉學生，忙到片刻不得閒，後來才聽說他是一個熱衷股票投資的人。他把課全都挪到上午，一下課就不見蹤影，連午飯也沒吃，放學敬禮儀式幾乎都交給班長負責。還有對於我，包括班長在內的所有同學像是彼此做了什麼堅定的承諾，不然怎麼沒有半個人找我講話，實在讓人百思不解。在這一道厚實得難以突破的人際城牆之外，我被徹底孤立了。

做夢也沒想到會是這樣。我不禁懷念起以前住過的忠清道小鎮和那裡的學校，懷念從官舍往下走到學校的蜿蜒路徑、覆蓋暗灰色鐵皮屋頂的房子、夾在院子邊曬衣繩上五顏六色的曬衣夾、風一吹起，風車便輕盈轉動的藍色風向計、佇立在小鎮中央的高大橡樹，甚至是右側樹枝上那團宛若黑色棉球的鳥巢。

雖然像流浪者般孤獨，但是為了維護自尊，我只好擺出認真用功的姿態。不念書卻要裝出用功的樣子，是不可能的，所以我的確是很用功。那年冬天獨自一個人上下學走過首爾街頭的記憶，是我所經歷過最殘酷的事。我迫不及待想要升上新的年級，好趁著一切尚未定形前，趕緊融入像麵團鬆軟流動的人際關係中，然後一步步結交我自己的好朋友。所以當寒假結束，即將升上三年級之際，我是帶著愉快的心情，冷眼旁觀班上同學的吵吵鬧鬧，以及他們和朋友因分開而悲傷的模樣。

獨自坐在分班後的三年三班教室裡，看著周遭同學三三兩兩聚在一起交頭接耳，我再度陷入自己一無所有的絕望裡。其他同學，有過去兩年建立的關係基礎，而我卻只是孑然一身。真的一無所有，什麼都沒有！我在心中低語，束手無策地環顧四周，就在這時發現一個人，讓我的眼睛為之一亮。她是個眼睛大，眼尾像彎彎的杏仁往上揚，嘴角似花瓣一樣紅潤的同學。相當漂亮的孩子，她的美不是普通的美，我該怎麼形容呢？應該說像是嗡嗡作響、正在急駛中的救護車警笛，是一種緊急而危險的美，令人目不轉睛。

不過緊接著發生更讓我吃驚的事，這名漂亮的學生正盯著對她投以銳利目光的另一名學生。被她盯的這名學生立即看向窗外，過一會兒又不經意地把頭轉向教室裡，連側臉都驚為天人的美，在一瞬間朝我散發出來，簡直就像在空中伸展的降落傘，豁然敞開。我感到一陣炸裂般的灼熱。那是難以直視、超乎現實的美，我甚至有種錯覺，以為教室這個空間已經化為虛擬或魔法之地。我吃驚不已，難道這個班級都是這樣的人嗎？看一下周遭其他同學的臉，我才稍微放心一些。

就這樣了，沒有再多的了。或許是剛才看到令人震憾的美，此刻其他學生看起來竟顯得粗俗黯淡，且不勻稱。幸好，那些瑣雜的平凡把我拉回到現實世界。我看著她們，感到既厭惡、又安心，我能察覺到她們眼中的我亦是如此。在年老的班導數學老師進教室之前，我們這些缺少重點部分的其他人，因為一種「餘集合」般的存在感而憂鬱沮喪。連嘴唇紅潤、眼似杏仁的尹泰琳，也不例外。泰琳的確很漂亮，但是面對海彥的絕色容貌，她也被當成不過是和我們無差別的「其他人」。

之後才知道這件事，海彥的妹妹——多彥，也是在那一年入學來到我們學校。海彥原本就是校內外知名的風雲人物，多彥很快也成為校內討論的焦點。原因不在於她是海彥的妹妹，而是在於兩姐妹的反差實在太大。海彥夢幻般的臉龐有著白皙的肌膚，身材高䠷纖細，還有修長的雙腿；反之多彥臉蛋平凡，個頭矮小，且略顯肥胖。海彥的外貌得天獨厚，課業成績卻是中下程度；多彥則是入學時代表新生宣誓的全校第一名優等生。海彥對人漠不關心，冷淡而寡言，面無笑容；多彥卻是充滿好奇心與熱情，善解人意，成熟幹練，更重要的是她在學校經常豪邁地放聲大笑。

還有，姐妹兩人的角色也互換過來，總是妹妹多彥在照顧反而像妹妹的海彥。上學時，多彥會在到達校門口前讓海彥站好，仔細檢查海彥前後的服裝儀容有沒有缺失，不過白襯衫上沾染原子筆墨水或湯汁的人往往是多彥，一旁看到的同學都忍不住笑了出來。一年級的課比較早結束，多彥下課後就會站在我們教室外面的走廊上，等我們下課敬禮完後和海彥一同回家。海彥算是很聽多彥的話，但偶爾若有不稱心，她會使盡力氣甩開多彥，這時在走道或運動場上就能看到海彥像女神般擺動白皙潔淨的四肢，優雅逃離，以及看到多彥一邊大喊，一邊像野獸般疾速奔馳，一心想把海彥抓回來的身影。那個畫面對所有老師和學生來說，是個有趣的笑談話題。多彥就是有這種力量——一股開朗又溫暖的力量，能將海彥超現實、絕色的、甚至帶些冷漠的美拉回到我們這一端的現實世界，然後使它融化在眾人的笑聲裡。

我和多彥經由某件事而另外建立起私人關係，因為我們共同參加文藝班的活動。在二年級下學期末轉學進來的我，選擇加入文藝班作為課外活動。負責文藝班的年輕國文老師相當熱情，對於較晚加入的我特別關心，常會稱讚我或是在同學面前朗讀我寫的詩。上了高三可以不用參加課外活動，但是國文老師說如果壓力不至於太大的話，希望我能繼續參加文藝班，並提議挑選大學入學考試常考的詩與小說來閱讀和討論，以免浪費時間。我沒有理由推辭，所以很開心地答應會持續上到第一學期。上高三後第一次去文藝班時，一年級新生已經進來了，像來自山裡的姑娘般雙頰圓潤又紅通通的多彥也是其中一人。多彥的詩具有新意，風格奇特，但她自己也清楚缺乏關鍵的犀利與殺傷力。多彥有時會像在說別人似地，叨唸說已經盡力將不美的東西寫得很美了；又或者高喊想一口氣刪除所學的關於詩的一切，全部重新格式化；或是一邊喃喃自語些聽不懂的話，一邊又用圓滾滾的拳頭搥打我的頭。每當這時候，我對她的焦慮便有很深的共鳴，但一轉過身卻又忍不住想笑。在那之前，我向來慣以老套的方式描寫天才詩人的面貌——雖然不曾見過也沒聽過，但不知為什麼卻深信不疑，認定以不安的眼眸或尖削的下巴顫慄來證明心靈上的細膩波動，就是天才詩人應有的樣子。在這樣的天才詩人面貌與多彥可愛純真的叨唸或像小熊般圓滾的身材之間，我想不出有比這更遙遠的距離了。

儘管在一個班級共同生活近半年，當有人問起我海彥是怎樣的一個人時，我除了回答每次見面都因她的絕美姿色而受到或大或小的衝擊外，依然什麼都說不出來。不過要是有人問起每週在文藝班碰一次面、每回共處一個小時的多彥，我就有說不完的話——像是一聊起詩，多彥變化萬千的表情；知道彼此喜歡同一個小說家後，多彥猛然對我擁抱時的體重和體溫；不需要確認，只憑多彥的笑聲就能像定位座標一樣告訴大家她的座位在哪裡等等。雖然只有相差兩年，但是每一次見到多彥，總會引發我像是上了年紀的女人才有的感觸與懊悔，讓我不斷回想自己在高一那年是否有像她那樣充滿朝氣、活蹦亂跳。

那年六月，韓日世界盃開打，韓國隊接連的出色表現，連高三的我們都難以抗拒地陷入瘋狂。直到六月三十日世界盃閉幕的那一天，我才驚覺明天就是七月一日，這時除了下定決心在暑假惡補之外，也沒有其它辦法了。七月一日原本是星期一，但是被指定為世界盃暫定國定假日，所以七月二日才要去學校。從那天起，海彥所空出來的座位，一直到我們畢業都持續空著。七月一日下午，海彥被發現頭部遭鈍器攻擊致死，陳屍在學校附近的公園花壇裡。學校一下子天翻地覆，受到世界盃舉行期間也難以比擬的衝擊。

在暑假開始前，我們都在忙著打聽、分析和傳遞那些不知誰問來的情報與傳聞，不管老師們如何制止，都阻擋不了。自認消息靈通的同學還會在黑板上畫圖或標上數字，說明命案發生的概要。這種教育的效果，讓原本把「頭部損傷」誤以為是指「豆腐」*破碎的無知學生，在不久後都變得能將犯罪專門用語朗朗上口，甚至達到可以推定犯人的程度。

一開始被認為高度可疑的嫌疑犯是申廷俊，不過他的嫌疑很快就被刷清。海彥的死亡時間，推定是在我看著房裡的桌曆而焦慮現在已經是七月的那一刻，也就是六月三十日晚間十點到七月一日凌晨兩點之間。不過廷俊在那段時間前後顯然有不在場證明。六月三十日下午六點左右，廷俊雖然開著自己的車載海彥——正確來說，是廷俊姐姐新買的車，而且他確實駕駛那輛車載著她，但是七點左右他就讓海彥下車，接著去找平日常在一起的死檔——主要都是富家小孩。他和他們一起吃晚飯，點高級壽司屋裡最貴的無菜單料理，一邊喝著昂貴的日本酒，一邊看著巴西出戰德國的世界盃決賽。到了十點左右，他們轉到某知名豪華飯店俱樂部跳舞，喝了一整夜洋酒，清晨又到俱樂部對面專賣解腸湯的巷子裡喝解腸湯，喝了解腸酒之後才和朋友道別。那天和廷俊在一起的朋友、壽司屋店員、俱樂部服務生，還有解腸湯店老闆的證詞，都為他提供了證明。當然，廷俊因為此事而受到無照駕駛罰鍰的處分，也因為進出色

★譯註：韓文「頭部」與「豆腐」同音。

情場所而受到停學處分。在停學期間終了後，廷俊也沒有回到學校，他在停學處分做出之前已經自行退學到美國留學。這樣一來，學校的停學處分難免被質疑只是為了做出某種懲罰。不過，這也不是那麼重要的話題了。

繼申廷俊之後的第二號嫌疑犯是韓曼宇。首先，他以目擊者的身分陳述看到金海彥坐在申廷俊的車上，但證詞內容中有幾點細節被認為相當可疑，可信度偏低，於是各種傳聞甚囂塵上。有人說曼宇作偽證，是因為人太傻而胡言亂語；有人說是曼宇心思太縝密，把證詞捏造得天衣無縫，反而被精明的刑警找出破綻；還有人說這些理由都不是，而是尹泰琳推翻了曼宇的證詞。不過最重要的關鍵，是曼宇缺乏有力的不在場證明。曼宇六月三十日在炸雞店打工到晚上十一點，然後十一點半回到家睡覺，這件事只有母親和妹妹兩個人可以證明，可是母親那天在二十四小時營業的解腸湯店上夜班，沒有回家，妹妹那時候也已經睡著了。雖然妹妹作證，說有在睡夢中聽到哥哥走進家裡的聲音，但這個陳述未被採信。聽說曼宇沒有承認犯行，所以被刑求過，也遭受過威脅和勸誘。不過因為找不到關鍵性證據，加上殺害動機薄弱，最後還是將他釋放。就算人已釋放，刑警只要沒事，還是會上他家拜訪，向他母親或妹妹盤查一些事情。

至於嫌犯是申廷俊還是韓曼宇，同學們對這個問題的看法分成兩邊。乍看之下，認為嫌犯是韓曼宇的人似乎比較多，或許是因為選擇韓曼宇的學生聲量大，又能流暢表達意見，所以給人這樣的感覺。不知為什麼，覺得申廷俊有嫌疑的人總顯得小心翼翼，音量既小又低。儘管如此，又或者因為如此，反而更讓人感覺到他們內心深處面對另一邊主張勸說時的執著與堅持。

暑假結束後，韓曼宇也一樣沒有來學校，學校說他是自行退學，但沒有人知道這是他的選擇，還是學校的勸導。還有，海彥的妹妹多彥也轉學了，聽說搬家搬到很遠的地方。與這個命案事件有關且還留在學校的人，就只剩下嘴唇紅潤、眼似杏仁的尹泰琳。

三年級下學期開學後，學校陷入一片難以置信的寧靜。不清楚其它班級的狀況——像是申廷俊或韓曼宇的班上如何，金多彥班上又是如何，我只知道我們班是這樣。當然，不至於鎮日死寂，孩子們多少會像以前一樣喁喁細語或互開玩笑，如此一來難免大笑或是高聲喊叫，不過和以前不同的是他們笑鬧喊叫的聲波並沒有擴散，反而在原地凝結了。當平日喜歡笑鬧叫喊的孩子突然止住聲響的一剎那，氣氛低迷的靜寂立即沉重地籠罩整間教室。我們都陷入相同的罪惡感，教室變得沉默，宛若無聲的真空管。異常的憂鬱和不快在重擊我們眉宇之間後離去。

有一段時間，只要我望向教室窗邊的空位或是經過文藝班前的走廊，我總覺得在海彥與多彥姐妹消失的空間裡有另一個透明空間形成。我也曾經找到她們姐妹在教室、在走廊和運動場空出來的地盤，或是感應到那些看不到的動靜或形跡，因而困惑不知所措，其他同學應該也是如此吧，不過我們終究會慢慢地歸位。迫近眼前的大學入學考試帶來猛烈粗暴的壓力，徹底融解了所有情緒上的衝擊。是啊，不過就是有幾個人遭逢變故，有人出國留學，有人轉學，因為各種理由離開罷了。可是我們不都還在這裡嗎？真讓人難受。什麼都沒有改變啊！這樣活著算什麼？這叫活著嗎？就這樣，命案事件在我們心中畫下了句點，我們考完大學入學考試，然後畢業。不知是因為沒有海彥可以作比較，還是因為正值花樣年華，畢業典禮那天見到的泰琳，看起來似乎變得比以前更美，就好像吸塵機「唰」一地吸走什麼似的，強烈吸引了大家的目光。

多彥和我走到圖書館的咖啡店。我問多彥要喝什麼，她回說什麼都不想喝，只想要一杯水。我端了檸檬汁和美式咖啡、白開水各一杯，將水和檸檬汁放在多彥面前，再將美式咖啡放在她對面的位置後坐了下來。近距離一看，才看到多彥化著大濃妝。

身為她的大學學姐，我盡可能想讓對話稀鬆平常一些——像是念什麼系，未來出路怎麼樣，最受歡迎的課或社團，以及周邊的美食或喝酒地點資訊等等。我今年大四，所以隨口問她大二了吧，意外的是她回答自己是大一學生。我問她是因為重考嗎？她回說因為高中曾經休學一年。我點點頭，表示對此事充分理解。姐姐遭到殺害，被殺原因至今仍然不明，嫌犯也還沒抓到，碰到這種情況誰還有心思上學？再加上多彥一向把海彥當成妹妹在照顧，多彥傷痛的點點滴滴……想到這裡，多彥突然開口說話，打斷我的感傷。

「就是那時候的事。」

這句話沒頭沒尾，但我一下子就聽懂了。那種痛苦的點點滴滴……點點滴滴……原來是這種滋味。

一旦起了頭，就停不下來。

我點點頭。原來如此，一直不斷地重複。帶著海彥的照片去，希望能夠整到一模一樣，當然同時也有在減重。想到這裡，原本想輕鬆平常對話的初衷，卻是漸離漸遠。

「做完有稍微好一點嗎？」

「稍微好一點？指什麼？什麼會稍微好一點？」

因為不避諱地提到整型手術，我就順勢丟出問題，結果卻讓我措手不及。

「不是，我的意思是『心情』，心情……該怎麼說，有沒有稍微好一點，比起整容前……」

話都還沒說完，我不禁懷疑起我的眼睛和耳朵。多彥發出「啊！」的呻吟聲，搖搖頭說：「聽得真痛苦。」她的神情顯得不耐，不知是否整型留下的後遺症，皮膚有著不自然的扭曲，表情顯得古怪而鄙夷。多彥講話毫不留情，表情又如此怪異，讓我覺得遺憾，另一方面也讓我感到猶豫而難以決定，不知道是該繼續忍受她這種無禮的態度，還是要回應她？抑或是該氣餒地安靜起身離開？

多彥把頭別過去，狠狠地怒視鄰座，那裡有三名男學生正用極大的音量，討論兩小時後即將開踢的世界盃韓國對塞內加爾熱身賽。

我安心鬆了一口氣。幸好讓多彥感到痛苦的是足球話題，而不是我說的話，這是可以充分理解的。四年前的世界盃與海彥的命案就像連體嬰，只要牽動其中一方，另一方必然伴隨出現。我默默喝著咖啡，同時抬眼觀察多彥。多彥背對那幾名男學生，擺出一副不想聽他們說話的姿勢，就像黃色甲殼類一樣把堅硬的背甲轉向他們坐著。無論多彥整型後的樣子如何，多少都會讓人想起海彥，但是兩人絕對不同，也不可能一樣。如果想像一下芳華已逝且再也喚不回的海彥，那多彥現在的樣子，似乎是硬要讓那樣的海彥勉強恢復年輕。多彥看起來，像介於以前的海彥與老去的海彥之間的中間存在，無法完全地歸於哪一邊。若是如此，那多彥呢？以前的多彥去哪裡了？

多彥瞄了我一眼，笑了。不，比較像是皺著臉，牽動一下嘴角。

「所以說尚熙姐，為什麼無緣無故想帶我來這個地方？」

我不知道怎麼回答，「這個地方」是指什麼地方？我哪會知道圖書館的咖啡店會有男學生在聊足球話題？就算去別家咖啡店，又有哪一家是沒有人在聊足球？尤其像今天有重要國家代表隊熱身賽的日子。

「如果來這裡……」多彥繼續說。

以為她口口聲聲喊著「姐姐」，就會道出這段日子所發生的事嗎？然後，再用懊悔遺憾的表情安慰她、鼓勵她，告訴她有困難就隨時聯絡我，諸如此類。我難道希望這樣扮演姐姐的角色？

多彥依然似笑非笑地揚起嘴角。

我感到一陣暈眩，或許多彥的話是對的，我要的就是那種場面吧。想到這裡更加心煩意亂，心中升起一股莫名的羞恥感以及無來由想攻擊多彥的衝動。我像是以亂吼亂叫的芝麻小事為由，而去踹了受傷的狗一腳。明明知道不對，還是要說那些足以對多彥造成傷害的話。多彥都先提了，我也以為那樣說無所謂。不過仔細想想，我才稍微鬆一口氣。命案發生後，多彥大概遇過很多像我這樣的人，想靠近安慰她，卻被她的攻擊性嚇到而驚惶失措或憤怒的人們。這是可以充分理解的，所以心想還是放下吧。不管我說什麼，我也只不過是那些人當中的一個罷了。

多彥喝了一口水，準備拿起包包。水杯的杯緣留下紅色的口紅印，我買的檸檬汁則完全沒碰。多彥想起身卻沒起身，接著開口問我。

「對了，尹泰琳還有聯絡嗎？」

我回答說偶爾會在同學會見到，這時多彥從包包裡拿出手機。

「姐的手機號碼給我。」

我像個傻子愣在那裡。

「誰……我的嗎？還是泰琳的？」

多彥輕輕抿著嘴，像是覺得好笑。

「尹泰琳哪是什麼姐姐？當然是說尚熙姐。」

我順從地將電話號碼唸給她，然後趁多彥輸入手機號碼時，靜靜拉起她的雙手。多彥抬起頭，我沒有問她手機號碼，只問她現在住哪裡。

「就住當時搬去的地方。」

我無從得知她們當時搬到哪裡，但還是點了點頭。

「我和媽媽住在一起，想要快點獨立。不，我早晚都會獨立的。」

我無法判斷這樣是好還是壞，依舊只是點頭。

「可是，尚熙姐……」多彥側著頭問我：「妳還有在寫詩嗎？」

面對這個出乎意料的提問，我開始臉紅。「沒有，沒有寫了。」我搖搖頭回答。

啊，原來如此！多彥看到檸檬茶，側著頭唸：

「檸檬……餅乾。」

我接著說：

「貝蒂伯恩……小姐。」

多彥眼睛為之一亮，我從她的眼神中窺見以往從她身上散發出來的清新活力，不知多彥是否也從我眼中窺見了什麼。

「姐，妳還記得？」

「我還記得耶。」

「我希望姐姐能繼續寫詩。」

我問她為什麼。

「我好希望我姐姐能和尚熙姐對換，我曾經這麼想過。因為我好喜歡和尚熙姐聊天，如果能夠再回到那時候……」

多彥像一名活了百年的女子，深深吸了一口氣，再吐氣。

「尚熙姐，對不起，我也很討厭我自己。以後……有機會……再聯絡。」

多彥講完這句話就走了。她的長髮搭配著黃色連身洋裝、白色包包和白色皮鞋，全都在我眼底慢慢消失，留下我獨自在圖書館的咖啡店啜飲冷掉的咖啡。原本唇槍舌劍在討論對塞內加爾的熱身賽要派誰先發，才有可能在世界盃決賽戰勝多哥隊的男學生，從座位起身。我喝完咖啡，又接著喝檸檬汁。或許是因為外面天色漸黑，明明是同樣的燈光照明，屋內卻開始變得昏暗。我突然回憶起轉學來到首爾後獨來獨往的那段時光。那段沒有人找我說話，獨自吃飯，獨自念書，然後自己一個人回家的寒冷冬日。

曾經對我的詩深為著迷的多彥，問我是否還在寫詩。我遵照父親的心願進入師範大學後，就沒有再寫詩了，如今連問我是否還寫詩的人都沒有。多彥說希望我能繼續寫詩，當然也沒有人會這樣對我說。不只多彥有所失去，我自己同樣也失去了一些東西，而且我失去的可能更致命。多彥很清楚地意識到自己失去了什麼，而我卻過著連自己失去什麼都不知道的生活。我在這種處境下觀察多彥，聽她說話，然後坐在那裡點點頭，自以為寬容地認為這個可以充分理解，那個也可以充分理解。等到多彥揭穿我的心思，我卻又勃然發怒，興起想反擊她的衝動。我問自己，是不是也想回到那時候？那段時期我對喬伊斯作品相當著迷，還為此寫下〈賣檸檬餅乾的貝蒂伯恩小姐〉。如果真的可以，我還會那樣做嗎？我回答不出來，但我記得我寫的那首詩的第一段。

今天餅乾又烤焦了，
一事無成啊，我們的貝蒂伯恩小姐。

檸檬，2010

我的高中畢業典禮和大學畢業典禮，家人都沒有參加。爸爸和姐姐當然無法參加，至於媽媽對這種事……不過想想也無可厚非，因為連我自己都沒參加。

姐姐死了以後，我們舉家搬到京畿道的新都市，我也轉學到那裡的高中。那是一所女子高中，和我以前念的學校不同。一開始我以非常慢的速度往下掉，媽媽也是，以至於我們都沒發現自己正在墜落。媽媽每日按時去店裡工作，我也規規矩矩上學。我不知道媽媽怎麼想的，我則是逐漸感到不知所措。雖然不想承認，但我的確陷入了過去是否不夠愛姐姐的迷惑裡，這是令人既傷心又痛苦的迷惑。不是不愛她，而是懷疑過去是否不夠愛她。既然是過去式，如今也無法改變什麼，就那樣被決定了。

突然間，速度開始加快。為了擺脫所有傳聞，也為了盡可能轉移姐姐已經不在的感受，我們搬遷到新的空間。可是陌生的空間卻不斷刺激我們的神經，更加無時無刻提醒我們，搬家正是起因於那樁殘忍的命案，令人毛骨悚然。腦海裡原本凝結成水滴般大小的空白，此刻竟像氣球不停呼呼地鼓脹，這個世界漸漸遠離、模糊，終至消失，媽媽和我就此瞬間墜落。媽媽中斷原本店裡的工作，我也辦了休學。我們會有幾天睡得著覺，有幾天睡不著；有時會忘了吃東西，而且沒有想梳洗的念頭。我們未曾領悟到，再怎麼樣都要先往上爬的簡單事實，只任由自己像死去一樣，趴伏在井底般潮濕的陰暗裡。回首過往，如果當時能徹底呈現出被動的無力狀態，或許還比較自在、安全些。那時候的我心裡只想著姐姐，為了捕捉與姐姐有關的一絲回憶，我常常好幾天待在同一個地方，彷彿世間沒有比這更急迫的事了。我猜媽媽應該也是如此，畢竟每個人的罪惡感，都要由自己來承擔。

姐姐的名字原本叫惠恩——金惠恩，這是媽媽取的名字，爸爸也同意。媽媽在產後大病一場，所以出生登記晚了一個多月。在這段期間，來自慶尚道的爸爸因為口音的緣故，老是將姐姐喊成：「海彥啊！海彥啊！」媽媽受到影響，意外發現這個名字也不錯，心想海彥或許比惠恩好吧。反正就算姐姐取名為「惠恩」，爸爸還是一樣會叫她「海彥」，所以乾脆取「海彥」好了，於是姐姐就叫作「金海彥」。

如果姐姐當時叫惠恩，那我的名字就會變成「多恩」。我不知道「多恩」和「多彥」哪一個好，我的情況再怎麼樣都差不多，但是姐姐就不同了。媽媽在姐姐死後，突然開始對「惠恩」這個名字產生強烈的執念，似乎認為是改了名字才會變成那樣。後來，死去的姐姐以惠恩之名回到媽媽懷裡。這不是比喻，而是事實。在姐姐死後十年，真實而活生生的小孩被媽媽擁在懷裡，成了惠恩。那是我送給媽媽的禮物。

聽說爸爸對姐姐極其疼愛。姐姐是個漂亮的孩子，難怪會得到疼愛。我試著想像孩童時期的姐姐。孩童是純真任性、順從本能的野獸，但不知為什麼，姐姐可說從小就過著符合自己形象的生活。在還不會說話也沒關係的階段，在不懂得建立關係或分享情感也無傷大雅的時期，姐姐就已經是最閃亮的創造物。聽說爸爸會帶著姐姐在社區四處炫耀，也聽說每個看過姐姐的人都毫不猶豫地斷定，這輩子還不曾見過像姐姐這麼漂亮的小孩。

爸爸算是幸運的，不需要面對姐姐的死亡。他在抽取新買的菸盒中的第一支菸時，經常失手把菸折斷，這時他會氣到面紅耳赤。他就是那樣，一直過著即使勃然發怒，也不過如此而已的平凡生活。在姐姐要念小學的前一年——也就是姐姐七歲、我五歲的那一年，爸爸和同事去外地出差，途中在一處三岔路發生交通事故，當場死亡。車是由同事駕駛，爸爸坐在副駕駛座上，就像姐姐坐在申廷俊開的那台車的副駕駛座上一樣。爸爸他們的車在T字型岔路下方等待左轉號誌變綠燈，燈號一變就立即左轉，那時候從右側疾速駛過來的卡車來不及減速，撞上他們的車。車子就像中間折斷的香菸一樣攔腰受到撞擊，前門彎曲，致使在救爸爸時花了很長的時間。爸爸在被拉到車門外之前已經死亡，致命原因是強烈衝撞造成的頭部損傷，與姐姐的死因一樣。

親戚們背後竊竊私語，說媽媽在爸爸死後變得很多。大家說應該有從公司和保險公司領到鉅額的賠償金，卻還是那麼拚命賺錢。媽媽到朋友的店裡工作，家事就交給身為長女的姐姐。不過一開始這樣做是有問題的，家裡從此變得一團亂。爸爸的死亡和媽媽的改變，不知是否有對姐姐造成傷害，我想多少有一些，不可能沒有受到傷害。但是我不認為姐姐的個性會因此改變，姐姐就像岩石般堅固，不是一個會輕易改變的人。

家事後來改由我負責。我在六歲就懂得如何使用吸塵器和洗衣機；七歲時媽媽准許我用火，所以我也會洗米和用電鍋煮飯，還有在瓦斯爐上用豆腐和泡菜煮泡菜鍋。雖然整天在一起，我還是無法知道姐姐在想什麼。不，姐姐似乎什麼都不想。姐姐什麼事都不做，什麼都不想；不會為了誰，也不會害誰；不在意別人的眼光，也不會對誰付出關心。姐姐就是那種處於不受干擾、什麼都不做的狀態時，看起來最幸福、平和的存在。她盡可能連話都不說，這不是意圖在其他人面前自抬身價，更不是心思縝密到刻意採取那種策略，但對姐姐來說，確實沒有比這更好的策略了。無語地凝視對方或丟個簡單的回應，然後不經意回眸時的含蓄與優雅，都能使姐姐的美貌更添耀眼的氣勢。

姐姐對身體物質性的自我意識是鬆散、薄弱的。她無法理解肉體所承載的沉重宿命，也不懂外貌所帶來的快樂與痛苦。姐姐把自己身體的美麗，當成在海邊偶然拾到的漂亮小石子。她知道向別人展示時有很多好處，有時也會利用這一點，但是她不懂自己的外貌所具有的真正價值，就像不懂珍珠和小石子有什麼不同的孩子，姐姐總是那樣淡泊無慾。

在我的記憶裡，我不曾和姐姐為了食物或玩具吵架。這樣反而令人惆悵不安，並非好事。姐姐總是給我一種深層的異質感，她一點也不貪吃，所以平時我可以盡量吃我想吃的東西。不過姐姐一旦肚子餓，情況就馬上截然不同。她會變身為無法換位思考及缺乏同理心的存在，看不到最低限度的規則或體貼，這時候的我就必須緊張屏息以待。當肚子沒有填飽時，姐姐連饑餓的小孩和老人手上的麵包都能泰然自若地搶過來吃，這時的姐姐看起來就像野獸，也像智能不足，甚至彷彿精神異常。不過等那段時間一過，看起來又像是超脫的聖者。當姐姐不穿內衣，只套上一件自在寬鬆的連身睡衣，然後以膝蓋打開、毫無防備的姿勢坐著，或是躺著凝望天空時，雖然看起來美麗，但同時也令人擔心。

說不上常常，不過媽媽確實打過姐姐。她不是決定之後才舉起棍子，而是像爆發的噴嚏般一陣突如其來的抽打。有時是因為姐姐在家偷懶或是不認真，但最常見的理由，還是因為一個大女孩竟然不穿內衣的粗心隨便。那天媽媽又把手舉高，打算狠狠修理沒穿內衣——甚至連內褲都沒穿的姐姐，但是媽媽很快又虛脫地把手放下。她仔細看著已經是中學生的姐姐臉龐，好像生平第一次見到一樣。姐姐天真無邪地仰望媽媽，不知媽媽為什麼要這樣看她。只見媽媽身體微顫，不知對著什麼頻頻嚴肅點頭。媽媽彷彿那些將稀有珍貴的物品捧在手心上的人們，表情閃耀著無限的希望與自豪，同時摻雜著責任與決心。

從此，留意姐姐的內衣也變成了家事，成為我份內該做的事。踏出家門前必須叫姐姐站好，前後檢查看看有少穿什麼。和姐姐念同一所高中後，到校門口還要檢查一次才能放心。因為念高三的姐姐已經是大女生了，大女生沒穿內褲和胸罩可是不得了的大事。

世界盃開打的那一整年，我臉上長滿青春痘，可說是名符其實的「紅魔鬼」*。我有去皮膚科接受治療，但是疤痕卻沒有消退。我到處跟人說，我是為了搭配紅色的世界盃 T 恤，才故意把臉弄得紅通通的。

世界盃結束的隔天是暫定國定假日，那天傍晚電話鈴響時，我正在浴室裡專心黏貼衛生棉的翅膀。本來想等電話自己切斷，結果卻響個不停，我只好隨便拉上內褲，擺出因生理痛而無法伸直腰的姿勢出去接電話。來電說要找金海彥的監護人，所以我告訴對方媽媽工作店家的電話號碼，然後掛斷電話。我氣喘吁吁地跑回浴室拉下內褲，想把衛生棉的位置重新對好，猛然抬頭看到了鏡子。鏡中照出的是痘子化膿之前斑駁的臉，以及沾血的下半身體毛，真是醜陋的女紅魔鬼德性。我心想為何自己長得這麼醜，感慨如果我是姐姐就好了。再度低頭看著沾有暗紅血跡的衛生棉，突然間我感到呼吸急促，幾乎到了無法喘息的程度。那個人是誰？為什麼要找姐姐的監護人？

過一會兒媽媽打電話回來，要我確認姐姐在不在家。我找遍姐姐的房間、主臥室和我的房間，告訴媽媽姐姐不在家。媽媽用顫抖的聲音叫我不要出去，把門鎖好後待在家裡。媽媽那天很晚才淋著雨回家。我不知道外面在下雨，一看到媽媽全身濕答答地癱坐在客廳地板上，我拿了乾抹布到客廳。

「惠恩死了！」

當時媽媽是這麼說的。我永遠忘不了，媽媽清晰地喊出

★譯註：南韓國家男子足球隊的別稱。

「惠恩」而非「海彥」的聲音。我聽到媽媽的聲音，在某個地方喊著：「惠恩啊！」、「惠恩啊！」、「我們家的惠恩在這裡耶！」、「在這裡耶，我們惠恩！」

回想起來，有件事很奇怪，那就是前一天晚上姐姐沒有回家，而我和媽媽都不知道。那天我以為姐姐一整天都在家，因為姐姐對世界盃沒興趣，所以我一個人看完巴西和德國的決賽後，一邊煮拉麵吃，一邊看閉幕式實況轉播。在店裡工作晚歸的媽媽看到公寓大門沒關，不認為是什麼大不了的事，也沒想到要提醒女兒注意。

姐姐前一天下午五點半左右為什麼出門，至今仍然是個謎。她平常不會出去散步，那天出門沒帶錢包，所以應該也不是出去買東西。更奇怪的是，姐姐竟然坐上申廷俊的車。對於自己沒有意願的事，姐姐不是那種會勉強配合的人，洗衣店老闆娘也作證，說姐姐不是被迫上車的。姐姐為什麼會在洗衣店前坐上申廷俊的車？她要坐他的車去哪裡？還有，她在七點左右下了申廷俊的車後，又是去了哪裡？身上沒有錢，應該也無法搭公車或地下鐵。如果是這樣，難道她是步行走到五個公車站外、自己的屍體被發現的那座公園？她在那裡和誰碰面？她又是被誰殺害致死？

就像一座井，黑暗期結束的時刻總會來臨。有一天，媽媽拿起些東西靜靜端詳，然後又把那些東西移往某處或收拾到某處，我看著媽媽的動作好一會兒，才知道那叫作打掃。媽媽正在打掃，我也為了打掃，而把身邊的物品拿起來靜靜看著。那是一只長方形盒子，白色的盒子上掛著藍色的盒蓋。我抓著那只盒子好一會兒，心想到底要放哪裡，我好像知道，又好像不知道。等聞到盒子裡隱約散發出的刺鼻味之後，我終於成功地將它收納到畫著紅十字圖形的藥箱裡。我看了老半天，還把藥水和口紅膠搞混。就這樣，我們再度回到現實裡——至少當時我是這麼想的，終於擺脫了，現在重新活下來了。媽媽決定回到朋友的店裡上班，我則預計暑假一結束就回學校，不過我們的復原並沒有那麼順利。

媽媽為了幫姐姐改名，去找了家事法院。她說想改女兒的名字，承辦人拿申請表單給她，還告訴她有哪些應附的文件資料。回到家裡，媽媽以端正的筆跡將姐姐的名字填入申請文件，然後寫上代理人媽媽的姓名和住所、人事資料等。媽媽在更改姓名事由欄上寫著：「本名金惠恩，出生登記寫錯，希望現在能修正。」媽媽去家事法院繳交文件時，承辦人要求提供附件資料，媽媽回答說女兒已經死亡，無法申請親屬關係證明。承辦人非常訝異，反問說：「要改名的當事人，是已經死亡的人嗎？」媽媽語氣平靜地回答：「是的。」承辦人說死亡的人是不能更改姓名的，但媽媽不肯放棄，繼續追問：「活人改名和死人改名，有什麼不同？就幫個忙，有什麼困難嗎？」承辦人反問：「不是困難，而是沒辦法更改。就算拿到改名許可，更改後的名字也無處可以登記，因為死者已經除籍，沒有文件可以記載，這樣改名有什麼用？」媽媽懇求地說：「那個沒關係，只要給我們改名許可就好了。」承辦人搖搖頭，臉色慘白地說：「這不是我想怎麼做的問題，而是死亡的人不可能更改姓名。」說完後，就將媽媽繳的一千韓元印刷稅放回四方形的零錢盤，要退給媽媽。媽媽愣愣地望著千元紙鈔，喃喃自語地說：「孩子都死了，就不能幫個忙嗎？就這麼一件事。」然後像個唯獨自己沒拿到糖果的孩子一樣，嗚咽著拿起紙鈔，轉身離開。

此後，媽媽開始私下著手改名的作業，決心靠自己的力量幫姐姐改名字。她先將姐姐的教科書和參考書、筆記本、手冊上的名字改過來，然後把相簿裡姐姐的照片一張張找出來，刻意在後面寫上「惠恩」。連爸爸過世後才開始寫的家庭收支簿也全部翻出來，將以姐姐為項目的花費支出列為修正金額，然後更改名字。海彥的體育服裝、運動鞋及學校用品全部改成

「惠恩」的名字。媽媽說：「妳姐姐是『惠恩』。」媽媽提到姐姐時，總是特別留意「惠」的發音，因為過於強調，有時還會聽成「毀」或「灰」，甚至聽起來像「舌頭」★。當時我聽著媽媽的話，覺得精神有問題的不是媽媽，而是不肯受理改名申請、導致事情需要大費周章的承辦人。說什麼「死人改名有什麼用？」這種問題為什麼要他操心？他有什麼權利？明明只要讓我們申請，這個問題就可以輕易解決的……

有一天，我睡到一半睜開眼睛，看到媽媽坐在身邊，目不轉睛看著我的臉。不知道媽媽什麼時候開始這樣盯著我，我眼

★ 譯註：「舌頭」的韓語發音為「Hyeo」。

睛都已經睜開了，媽媽的表情卻沒有任何改變，依然靜靜看著我的臉。那是承受著至痛的表情，就像凝望著勉強拔出深嵌的倒刺後自指甲流出的鮮血。媽媽期待的是另一張臉！我想見到的臉去哪裡了？為什麼在這裡的不是那張臉，而是妳的臉？

在很久以前的某一天，媽媽因為看到姐姐的臉而充滿希望與驕傲的眼神，和此刻看著我的眼神截然不同。我知道我們無法面對現實，也知道若沒有經歷一番曲折迂迴的路徑，我們絕不可能再回到現實。就像怕自己迷失而無法片刻鎮定，需要不停搖頭或眨眼的焦慮症患者一樣。重複著做些什麼、然後又不斷取消的痙攣人生，正在前方等著我們。

媽媽無法改變自己，於是設法更改姐姐的名字；而我無法改變姐姐的一切，所以我決定改變自己。就算媽媽攔阻我，我也一樣會去做，但是媽媽並沒有。別說是勸阻，媽媽甚至還形同鼓勵，因為一向懼怕大筆金錢支出的媽媽，竟然爽快地答應提供手術費，足以讓我轉戰各地的整型外科。一開始是眼睛和嘴唇，接著是整前額和鼻子，最後還要經過三次顴骨和下顎、下巴的顏面削骨手術。手術的疼痛對我來說就像麻藥，只有當鼻子夾上固定板，以及浮腫的顴骨上方滑下眼淚時，我才能像姐姐一樣獲得平靜。

姐姐死後經過兩年半的時間，我才有勇氣前往那座公園。我在新市鎮搭上電車，在我們以前住的公寓附近車站下車，然後換搭小巴士轉進那裡。公園規模不大，從中央步道沿著左邊的小徑彎進去，可以看到僻靜的角落有著褐色的長條木椅，木長椅左邊立著行李箱大小的鋁箱，不知道是不是配線箱，後方則有約一人高的草綠色公園鐵柵欄頽倒在那裡。雜草枯萎的地面，朝鐵柵欄那一側傾斜，斜度足以使一顆球快速滾動。

我站在由木長椅和配線箱、鐵柵欄圍成的扁平平行四邊形傾斜處，那是姐姐陳屍的地方。如果是在晴朗的初冬，這裡應該是明亮、四周開闊的空間，但在六月尾聲的景象卻不一樣。當時樹木茂密，枝葉垂落，如果不是大白天，屍體恐怕很難被發現。姐姐是在下午兩點左右由一對散步的老夫婦所發現，內衣被脫掉且不知去向，解剖結果卻沒有遭到性侵或暴力的痕跡。

之後我常回去公園，到木長椅那裡坐上好一會兒。不管在夢中還是在現實裡，我都經常待在公園。姐姐穿著無袖的黃色棉質連身洋裝坐在長椅上，她將濃密烏黑的頭髮放下，就像樹林裡的小精靈，用著夢幻的眼神望著某個地方。不，沒有看任何地方，姐姐沒有看任何地方。突然間，自後方的黑暗裡伸出一隻握有硬物的手，朝姐姐的頭頂狠敲下去，持續敲打好幾次。黃色的連身洋裝被滴落的鮮血暈染成紅色，姐姐昏倒了，那隻手將姐姐拉進黑暗中，姐姐像花朵凋落般被吸進黑暗裡。當時我在哪裡？正在看著什麼？不管在夢中還是在現實裡，我都無法知道我的位置和時間。

有一次感覺到異樣，我環顧四周，才發現不知何時開始下起了雨，而我全身濕透，正坐在公園的長椅上。有些時候，我以為自己坐在公園長椅上，等神智清醒後才知道人在家裡，而且像姐姐一樣，膝蓋張開地坐在客廳沙發上。沙發前的桌上放著筆和記事夾、搖控器等雜物，我忽然感覺有人正盯著我，我轉過頭看，卻沒有看到人。不，明明就有什麼在那裡。原來是桌子左邊的捲筒衛生紙孔正在盯著我看！我把頭轉向那裡，它好像在閃躲我；等我再度把頭轉向正面，又明顯感覺到衛生紙的獨眼正在凝視我剛動完削骨手術、還未消腫的下巴左側。我無法判斷那一道視線的用意，不久後我確認到它是在嘲笑我。我猛然起身，將衛生紙丟到地板上，整個用力踩壓。衛生紙壓扁後，那隻獨眼終於閉上，衛生紙死了，是我殺死的！衛生紙既是姐姐也是我，我們姐妹就像衛生紙一樣，死了。我再也不是多彥，或許我是彩彥或河彥什麼的，總之我的心不再是多彥，我的臉也不再是了。我癱坐在地板上，拿起宛如屍體被壓扁的衛生紙開始哭泣。哭泣，我因為不知道自己是誰而哭，因為我不知道該以誰的樣子活下去而哭。我撕下衛生紙，拭去眼淚。有人還來不及發現已經失去春天，就失去春天了；同樣的，我也還沒意識到已經失去人生，就失去人生了。

無論去到哪裡，我都能感覺到緊盯我的臉不放的視線。有時是人的視線，但更多時候是來自於各種事物的視線。那些東西執意監看我，讓我無處可逃。為了抵擋它們，我的身體開始變得僵直，即使在獨處時，身體的某個部位或很多部位，也習慣使力撐住自己。使勁一段時間後，我會不自覺地在某個瞬間撐不下去，然後爆發。這時我會按壓、踩踏、甚至扔擲那些東西。這些東西必須柔順鬆軟，且不易破碎，因為我無法忍受碰撞和碎裂的聲音。光是想像「啪」、「碰」的聲音，我就會被駭人的恐懼所包圍。我不只有耳朵聽到那些聲音，我的眼睛也看到了。一旦聽見某個硬物與另一個硬物碰撞而碎裂的聲音，我的眼睛就會慢慢用力，直到眼眶痙攣為止。這時眼前出現像是破裂音與巨響所打造的地獄道，在觀看那些幻影的過程中，滾燙的淚水也如鮮血般流淌不止。

我自大學畢業典禮的前一天下午開始發燒，聲音沙啞，臉頰發燙。媽媽人在店裡沒有回來，我從畫著紅十字圖形的藥箱裡拿藥出來吃，再用熱鹽水漱口，鏡子裡反射的是一張發紅、沿著手術疤痕清楚地劃出一條熱線的臉孔。

凌晨醒來，我再度吃藥，然後睡了好久，直到下午才起床。媽媽那時已經出門工作不在家，畢業典禮想必也已經結束。我從冰箱拿出兩顆雞蛋來煮，等待雞蛋煮熟的過程中，我坐在沙發上發呆，接著又陷入身處公園的幻覺裡。像朵小蒼蘭的姐姐，坐在公園長椅上，啪地一聲，沾血的黑髮，沾到經血的下半身體毛，黑暗中消失的黃紅色花朵，還有一張燒紅的臉，全部混雜交錯一起，然後又四分五裂地飛散。這時瓦斯爐上傳來水沸滿溢的聲音。

我關掉瓦斯爐火，將雞蛋取出浸入冷水裡，再將蛋放到桌上，輕輕用手按壓，然後剝去蛋殼，避免發出「喀喀」一聲。穿過客廳大片玻璃窗流洩進來的午後陽光，映照著桌上堆積的一層薄灰。我一口吃下剝好一半的雞蛋，嘴裡混雜著帶有嚼勁的蛋白與濕潤的蛋黃兩種味道。我仔細看著半熟的蛋黃剖面，在陽光照射下的蛋白內裡，蛋黃就像晶瑩的泉水般閃耀亮眼，多麼美麗……

提到美麗，我想自己已經很久沒有想起什麼叫美麗了。我想起幾年前偶遇過尚熙姐，問到她是否仍在寫詩，檸檬……圓形蛋黃裡耀眼的光芒，讓我想要重新提筆寫詩。看著被蛋白溫暖包圍的蛋黃時，我就像躺在搖籃裡的嬰兒般感到平靜，不再覺得孤單，也不再疼痛。我伸了一個遲來的懶腰，完成冬眠甦醒儀式中的重要動作，感覺眼睛也睜開了。

「恨滿……唔唔……」

我想我應該去找他。不，是這種想法來找我，這是啟示。雖然依舊遲鈍笨重，但是讓血液循環加速的熱情能量團已經開始咧嘴，行動的時刻終於到了。儘管還不能確信，我卻有著必須從那裡開始的強烈預感。在長久以來的想像裡，從黑暗中突然伸出來的第一號嫌犯的手，一直都是他的手。那天晚上十一點三十分到一、兩點之間，他在打工結束後回家的路上，偶然看到坐在公園裡的姐姐，然後不知因為何故殺害姐姐。她敲打姐姐的頭，再將屍體搬往地面傾斜處，整個過程不會花太多時間。他趕緊將事情收尾後回家，製造自己已經回家的證明，熟睡中的妹妹連時間也沒確認，就隨意為哥哥作不在場的證明。但是怎麼想都覺得奇怪，為什麼他要冒險作假證詞，說姐姐穿背心和短褲？這樣做，不僅無法證明自己無罪，反而還會被認為是在掩飾犯罪證明，為什麼呢……？

我將第二顆蛋放在桌上輕輕按壓，剝去蛋殼後一口咬下去。我一定要去見這個人，一定要知道他現在過得怎麼樣。必須確認到這些，我才能決定要以誰的面貌活下去，以及要怎麼活下去。必須見他，我才能活下去。這個想法籠罩我，讓我心中不斷拍打著興奮的浪潮。為此我必須離開媽媽，必須獨立。但是媽媽……獨自一人的媽媽，沒有我還活得下去嗎？短時間……不，現在不要這麼想，現在不要。

封閉許久的門，終於敞開了，黃色的光芒像瀑布般傾洩，黃色天使的報仇就要開始。就叫「檸檬」*，我毫無意義地自言自語，像是報仇的咒語，就叫「檸檬、檸檬、檸檬」。

★編註：原文「레몬」，即 Lemon，檸檬之意，在韓國通常指的是黃檸檬；若指的是綠檸檬，則會使用「그린 레몬」，Green Lemon。

髮帶，2010

喂，請問是協助天使一〇〇四嗎？我要預約現在這個時段的電話諮商。

確定受理嗎？好，我的帳號是Christ。C、H、R、I、S、T，Christ。耶穌基督的「基督」英文。我二十七歲，是虛歲算法，未婚。

確認了嗎？您要幫我接諮商老師？好，我知道了，我在線上等。

老師，您好，我叫Christ。是的，這種諮商是第一次。在尋求諮商之前，我猶豫了很久。是的，我需要協助，非常需要。我現在想對老師說的話很長、很吃力。這些話如果不對誰說出來，我會撐不下去。最近除了失眠，還產生幻聽，看到奇怪的東西，我都快瘋了。

可是在諮商前，有件事想要確認。現在我講的話會錄音嗎？有在錄？可以不要錄嗎？諮商內容規定一定要錄？那我在這裡講的話如果被錄音，絕對不能對外洩露，老師可以答應我嗎？原來如此，這樣比較安全。經過一段時間就會刪除？那應該就可以放心了。不過我是指刪除之前，如果收到請求，說因為調查需要，或是警察之類的機關說因為情報需要，那會怎麼處理呢？到時候我說的話不只會洩露，錄音內容是不是也會全部成為證據？幾乎不曾發生過這種事？好，假設有這種情況，會先說這是病人講的，還有呢？在精神疾病狀態下發言的內容，就算是犯罪事實的自白，當事人——也就是患者可以免責，是這樣嗎？既然這樣……那我就沒有問題了。

啊？您問說什麼沒有問題？啊，我聽不清楚。

老師，您現在在喝什麼？咖啡？原來您在喝咖啡。是什麼咖啡啊？古巴產的？原來如此！我腸胃不好，已經戒咖啡超過一年了，那時候全都丟了。我真的好喜歡比利時研磨咖啡，我連這個都丟了。沒有給人，就直接丟掉。似乎得這麼做，才能夠完全戒掉。但是我現在好想喝咖啡，好想念咖啡香，滾燙濃郁的味道……真希望能喝上一口……

話說回來，老師，我想再請教一個問題。萬一我說出其他人，說出某個人曾經犯罪的話，會怎麼樣？這也算是在精神疾病狀態下的發言嗎？您剛剛是說「發言」，對吧？那個「發言」，不會被當作證據，或者沒有作為證據的效力嗎？不，我明白，您的意思是這很難說。所謂的法律，原本就有模糊的空問，不是嗎？我雖然不是念法律的，但我是政外系畢業的，是政治外交學系哦。所以大概懂一點法律的適用或應用問題。如果法律完全沒有模糊性和融通性，那為何需要政治或外交這種東西，而且有可能嗎？常有人說法律一體適用，法律之前人人平等，那是不懂法律才會這麼說。法律不是機械，運用法律的人更不是，所以怎麼可能做到每次都公平適用呢？我在想，法律或許是像神一般的存在吧！像我們這麼渺小的人，怎麼能夠揣測神的意志呢？我想法律也是深奧、強力的存在！是一種無法量測，且難以拒絕和迴避的巨大力量與意志，這種東西……老師，請問您相信耶穌嗎？就算不是忠誠的基督徒，也可能有去過教會。原來如此。我是很虔誠的基督徒，所以我的帳號也用 Christ。

怎麼岔題了？對不起！我只不過想聊些非常深入及私密的話，所以說不定還會舉犯罪這種極端的例子來請教。我從出生到現在，完全不曾與犯罪或暴力扯上關係，也沒碰到過和這方面有關的人。幸好，這當然值得慶幸，但有時候也會覺得遺憾。像在看電影時，抵抗運動、武裝革命組織那一類的反抗暴力，不也是有些迷人嗎？您覺得無法理解？我好像小孩子，夢想冒險的心仍然……啊，講話怎麼老是那樣？

好，那我要現在開始講嗎？我最近就要結婚了，但有件事讓我很困擾。我結婚的對象是我高中時的男朋友，他高三去美國留學，今年春天回國。一回到韓國，他不知怎麼問到的，馬上就跑來找我，沒頭沒腦說要和我訂婚，我當時真的好驚訝。我沒有馬上答應，心中還在猶豫，沒想到那個人竟然說這種條件應該算是一樁不錯的交易吧。是的，他說「交易」！這當然是開玩笑的，開玩笑說的話。那個人常會隨口亂開玩笑。

那個人的工作？他是會計師，目前在一間有名的大型會計師事務所工作。我未來的公公在那間會計師事務所待很久了，是子承父業的會計師家庭，婆婆和我則是同一所大學的校友，他們全家都是基督徒。原本我是上其它教會的，在婆婆的勸說下，才轉到現在他們上的這所教會。那間教會有大法官，還有法界人士、國會議員或政界人士、大學教授、藝術家，對了，很多演藝人員也會來。不少演藝人員如果見到本人，會覺得滿失望的，他們個子矮小，某些地方看起來該說像是木偶嗎？總之和電視畫面看起來的很不一樣。婆婆也這麼說，說我比一些看似不錯的女明星還漂亮。但是婆婆為什麼要這麼說？

嗯？我的煩惱？啊，我還在考慮到底要不要和那個人結婚。第一個理由是因為這個年紀結婚好像有點早，還有……我怕那個人會限制我。您能理解嗎？我怕那個人會想把我綁緊，會想把我關起來。老師應該很清楚，有的男人會這樣，以愛為由去限制女人。當然，我覺得這個人還不至於那麼不懂事，因為他自己也有過一次慘痛的經驗。但是正因為如此，才更讓人害怕，不是嗎？自己都碰過那麼可怕的事，這種程度嘛，可能就更毫無顧忌了……

那件事？現在我不想談那件事，那不是什麼大不了的事。啊，我剛才說是慘痛的經驗嗎？嗯，對他來說算是吧。要說慘痛，算是慘痛，但是那件事對其他人來說也許更可怕。細究起來，他的慘痛經驗到什麼程度？當時真是嚇死了，怕到不停地顫慄發抖。儘管如此，他還是毫髮無傷，脫身逃到美國去了。

嗯？啊，嗯？您說什麼？您問我正在做什麼嗎？我現在正在和老師進行諮商啊。啊，您問我手裡拿的是什麼？這是髮帶，綁頭髮的髮帶，是草綠色的，還會閃閃發亮的髮帶。就拿在手裡，一下子纏繞，一下子解開。您問我常這樣嗎？好像不是，偶爾才會這樣。不，有常常這樣嗎？我也不太知道。怎麼了嗎？這是什麼不好的症狀嗎？那個有些複雜嗎？好，那以後再說。還是老師敏銳，不知為什麼，總讓人感到信任，會想信任老師，而且想對老師傾吐所有的事。

那我跟您說那件事，我想跟您說，簡單地說一下。不，我會盡量詳細地說。除了那件事之外，好像就沒有什麼好說的。就是一開始呢……我和那個人曾經深入交往，大家都說我們很相配。大家？那個……當然是指朋友們。他的朋友和我的朋友都這麼認為，我知道大家很羨慕我們。我們的愛真的很單純，而且完美無缺。我們只要繼續這樣下去，應該可以過得比任何人都還幸福……但是她突然出現了。就是另一個女生，另一個女生突然夾在我們中間。我……很慌張。我沒想到那個人這麼快就變心，真的不敢相信。您問我，他愛那個女生嗎？您問那個人……愛……愛那個女生嗎？

不！不！他不愛她，他不可能愛她，那不是愛。那個女生真的就是那樣，就是那種人。只靠臉蛋漂亮，厚臉皮擺出高傲的樣子，書又念不好，腦袋空空的。這種女生有一天突然出現在我們中間，他只是為了好玩……男生不是都有愛惡作劇的一面嗎？也許他是故意要引起我的嫉妒吧。我再跟您說一次，那個人絕對不可能愛她的，連一分一秒都不會。對，他只是把她當成玩具，跟她玩玩而已。但是不能如自己所願，當然會生氣啊。就是那種一不順心，就完全無法忍受的個性，所以才會想殺人。

嗯？我說什麼？我嗎？我什麼？不是，我為什麼要對她……？不是我，是那個人，那個人氣到想殺她。不是，不是，我說想殺她是誇張了點，總之心裡應該會這樣想。您問為什麼？這個嘛，那個女生沒有穿內衣，不只沒穿胸罩，她連內褲都沒穿就出門，我就說她想誘惑那個人啊……您問是因為這樣殺了她嗎？不，老師，您怎麼這樣說？不是的，那個人說沒有殺她，不，他沒有殺她啦，沒有殺她。

真的。別說是殺她，他根本不可能對她怎樣。只是想嚇嚇她，沒想到她突然像隻發瘋的貓亂跑亂撞，結果就自殺了……您問為什麼？為什麼嗎？那個……因為覺得丟臉，本來想誘惑卻失敗，所以就自殺了。是的，是實際發生的事。那個女生自己用頭撞牆壁……頭部損傷……頭部損傷致死。光是想像就覺得可怕……啊，真的……好可怕，一個十九歲的女生怎麼會……用頭去撞浴室牆壁……撞到連大理石磚都裂開的程度，一直撞到斷氣為止，怎麼綁都綁不住……那麼淒厲，啊……太可怕了……瘋了……完全失去理智……

嗯，老師？您說什麼？

我說綁……綁著嗎？

誰？您說那個女生被綁著？不，那個女生為什麼被綁著？

我沒有這麼說啊。老師您聽錯了，我說不是啊，我沒有這樣說。我沒說，我什麼都沒說。

我為什麼說那種話？我沒說，我沒說。說什麼？髮帶？什麼髮帶？你現在在說什麼？我說沒有綁，講什麼髮帶？你瘋了嗎？我哪有拿什麼髮帶？我和那件事沒關係，你不要對我這樣。你們為什麼要這樣？

喂？喂？

老師，老師，您掛電話了嗎？電話掛掉了嗎？

不行啊！我還沒講完，我沒有錯！我真的沒有看到短褲。我只不過是說沒看到，我沒看到，這樣有什麼錯呢？我只是實話實說，我可以對上帝發誓，沒有任何人曾經因為我而受到傷害。那，那個善良、傻呼呼的男生，他的名字……恨滿唔唔……韓曼……宇……對，韓曼宇！聽說他很快就會被放出來。這樣不就好了？我沒有希望她死，我沒發過這種誓，我也沒見過比她還美麗的女生。但是夢裡的她為什麼這麼恐怖……啊，啊……好可怕，那裡都沒有半個人嗎？

哼！

什麼？交易？這傢伙竟然敢說這是交易，他用「交易」兩個字耶！跟髒抹布一樣的傢伙，把我當成什麼，耍這種把戲？要不是我，你可知道你那時候會有多狼狽？膽小鬼的變態小子！置天使般的女孩於死地的惡魔小子！殺人犯！

啊，上帝！親愛的上帝！

請原諒那小子……不，請別原諒他……我要以淚禱告，親愛的主，請幫幫我！主也知道，我沒犯過一丁點的罪，請務必為我開啟一條披荊斬棘的道路，堅定地守護，讓我們前進時不至於跌落死亡的峽谷……我們懇求智慧，請賜予我分辨的智慧……

啊……那裡真的都沒有人嗎？我好害怕……好害怕……真的好可怕……

膝蓋，2010

爬上小山丘，那裡有一棟設有教會的兩層樓商業建築。二樓的每道門窗都畫有十字架，一樓左邊有一間小型修鞋店，門板上分別由上而下直寫著「皮鞋」、「修理」。心裡正想著竟然還有修理皮鞋的店，結果一到轉角，又有「買金牙、金匙」的驚悚招牌映入眼簾。既是黃金，應該搭配黃色才適當，但是招牌卻為了搶眼而使用暗紅色的字體，反而令人聯想到拿暗紅色湯匙送入暗紅色嘴裡的畫面。

店家後方的畸零地上，佇立著狹長型的五層樓連立式住宅，他的家聽說是在右側建築的A棟三〇一號，這是炸雞店老闆說的。那個孩子很老實，做事會用腦，做事頭腦和他的外表不一樣。他很善良，很會做事，現在這種小孩要去哪裡找。炸雞店老闆還記得他，似乎對他依然保持美好的印象。我爬上階梯，按了三〇一號的門鈴，裡面傳出聲音問「是誰」，是男人的聲音。

「請問這裡是韓曼宇府上嗎？」

過一會兒，門打開了，一眼就能看出他的狀況並不好。削瘦，大量掉髮，顯得老態，尤其是兩側的腋下都拄著拐杖。

「請問……哪一位？」

他沒有認出我。雖然沒有期待他一眼就能認出我，但也沒料到他的反應會這麼冷淡。我把長髮放下，更關鍵的是我身穿黃色無袖連身洋裝，腳穿拖鞋。

「您有什麼事？」

為了吸引他的視線，我用手撥了一下長髮。

「金海彥！」

「金海彥？」

幾秒後，他才嚇得身體一顫，直盯著我的臉看。

「我是金海彥的妹妹——金多彥。」

「金多彥？」

「我有事要跟你說。可以進去嗎？」

我往前踏出一步，他立即反射性往後退一步。在他後退時，雙腿的其中一隻褲管顯得鬆垮。我脫掉夏日用的拖鞋走進室內，右邊是狹窄的客廳，電視機還開著，對面則有張老舊的沙發。沙發上沒有坐墊，只有毯子，中間的凹陷處大概是他剛才坐過的地方。左邊的廚房入口擺著一張四人用的餐桌及三張椅子，還有摺疊好的輪椅。除了他之外，好像沒有其他人在家。

我拉了一張左邊的餐桌椅坐下。他拿搖控器關掉電視後走到我對面，將拐杖整齊地靠牆邊擺放。在他背後的水槽上方有個小窗戶，我突然想起刑警曾經提到他有拖著鞋子走路的習慣。不知道他是在等受傷的腳復原，還是已經好不了，所以無法再拖著鞋子走，就算是後者，我覺得這樣子的懲罰還是太輕了。

「發生什麼意外嗎？」

不！他竟然支吾其詞地說沒有。

「那為什麼會這樣？」

「因為動手術。」

「是什麼手術？」

「就生病啊。」

「截肢嗎？」

他無語地低下頭，神情顯得疲倦而憂傷，我心中升起一股衝動，想對他說出足以激發憎惡感的狠話。

「你，這是你應得的懲罰！」

他像是喃喃自語地說著：

「就生病啊，所以連軍隊都讓我因病轉役。」

突然冒出「因病轉役」這個陌生詞彙，我一下子陷入五里霧中。

「總之，就是代表我這個病，不會就這樣好起來的。」

他嘆了一口氣後低下頭，表現出不管怎麼變化，都希望事情早日了結的消極態度。但我可不會那麼輕易放過。

「你看這個。」

為了刺激他，我指了指身上穿的黃色連身洋裝。

「你記得這件衣服嗎？」

他抬起頭看我的衣服。

「那時候有看過吧？姐姐穿的衣服。」

他沒有回答。

「還要辯稱姐姐當時是穿背心搭配短褲嗎？不是明明知道姐姐穿連身洋裝嗎？」

他的小眼睛透著驚訝的眼神。

「不是短褲？怎麼會不是？」

我和很久以前的那個刑警一樣，想朝他那張一直說「短褲」、有如醃黃瓜般的臉上抽打。

「死都要說是短褲，你以為這樣就可以脫身嗎？竟然看到我姐姐穿著她不曾穿過的短褲？因為這樣，才會說是你嘛，所以就是你嘛！事到如今，我也沒有想要怎樣，事情都結束了，還能怎樣？我只不過是想知道是誰殺的，還有為什麼而殺罷了。是你，對吧？是你殺死我姐姐的，對吧？」

「雖然妳不相信……」他結結巴巴地說著：「我什麼都沒看到，那天……海……」

他停頓了一下，似乎害怕說出姐姐的名字。

「我也沒看到她坐在車裡，我一直注意前面，不知道什麼時候燈號要變。是泰琳說的，全都是她。」

「騙人！泰琳雖然有看到姐姐坐在車子裡，但是她作證說沒看到姐姐穿短褲。刑警也說當然看不到。」

「那句話是對的，應該沒錯，刑警的話。」

「你說什麼？」

「泰琳應該是看不到。但是那時候她確實有說，說穿著短褲，還一邊摟住我的腰。」

他一邊看著我一邊笑，我突然感到毛骨悚然，眼前這個人竟然在笑。

「那時燈號剛變，我正準備發動車子，她就摟住我的腰，說：『穿背心搭配短褲耶。』她是這樣說的啊，泰琳。我明明記得很清楚，那件事。」

他又笑了。我實在不懂，他為何老是在笑。

「這不可能吧？沒看到的事要怎麼說？」

「我也問過了，因為很奇怪。『有看到短褲嗎？』我這樣問，她就說我『傻瓜』，說膝蓋張開開地坐著，當然是穿短褲。泰琳是這麼說的。」

我瞬間愣住。我先別過頭，望向放在餐桌和牆壁間的藥箱與藥袋。膝蓋！提到膝蓋，說姐姐打開膝蓋坐著。我比任何人都清楚姐姐的坐姿，她舉起腳、張開膝蓋的坐姿，也是我和媽媽覺得最可怕的坐姿。如果姐姐的坐姿和坐家裡沙發時一樣，將腳舉到座椅上，然後把膝蓋打開……這樣從車窗外看到這種坐姿的人，一定會認為姐姐是穿短褲。泰琳大概也是那樣想的吧。

他又說了些什麼，但我沒有注意聽。等我稍微回神，只聽到他像是獨自一人喃喃自語：「泰琳說這些話死都不能講，刑警大叔老是問，真的有看到廷俊車上載著海……載著那個女生嗎？又問了好幾次，是不是錯覺？所以我才說出來的，說頭髮放下來，穿背心和短褲，但老是說我看錯了，叫我再仔細想想，說我應該看錯了。申廷俊一開始大概沒說吧，說有載海……載那個女生。過一會兒又問，是不是看到穿短褲，刑警大叔追著我問，我不得已才說出泰琳講過的話。是因為這樣才說的，結果白說了。」

「那為什麼沒有提膝蓋的事？」我問：「又不是親眼看到，都是聽說的。泰琳也說是推測的，為什麼這些都沒有講？」

「我也不知道為什麼沒講，我想說泰琳應該會講。」

「你不知道泰琳沒有講到膝蓋，也沒有講到短褲嗎？」

「我知道，有跟我說過，那個刑警大叔。」

「既然這樣，你為什麼還不吭聲？」

「因為泰琳沒說。」

他再度笑了。

「應該有她的理由吧。我後來想，可能是因為女孩子的關係。」

「女孩子怎麼樣？」

「不知道耶，我。泰琳是不是也有她的理由？所以我就沒講。泰琳也是一直受到折磨，刑警老是問她有沒有看到海……看到那個女生在車上。所以她說出背心是黃色的，從那時候起，刑警就放過她了。」

「當時……你有和泰琳見面嗎？」

他沉默了一會兒。

「有見面。」

他接著緩慢地說：「就有一次，跑來炸雞店，泰琳。這件事我當時也沒告訴刑警大叔……」

「我工作完才出去，所以等了我超過三十分鐘，泰琳這樣說的。」

他的臉整個發光，眼神變得明亮，臉上的皺紋也像被撫平一般。

「那時是這樣說的，泰琳說的。說膝蓋那種事，女生講不出口。膝蓋抬起來打開坐著，說是講錯了。所以那件事她說最好都別講，泰琳說的。所以啊，原來如此！我想。」

泰琳、泰琳、泰琳……似乎只要提到泰琳，他的臉就完全不像醃黃瓜，而是像白淨修長的香瓜。這讓我想到姐姐像小香瓜般圓滾滾的膝蓋。他手指著我的衣服問：

「可是，真的是穿裙子，不是穿短褲？」

我沒有回答，我並不想和他確認姐姐有沒有穿著裙子這樣坐。他沒有再追問下去。我一起身，他吃驚地看著我，彷彿有種將長期受到糾纏的頓悟。

離開這間屋子步下階梯時，我的膝蓋不停地發抖。膝蓋……那是我未曾想像過的畫面。姐姐穿校服裙子時，算是相當小心，但是其它時候就沒有特別注意，甚至是沒有意識到。這也是姐姐幾乎不出門，只待在家的緣故。姐姐那天穿的不是短褲，而是平日在家穿的寬鬆黃色無袖連身洋裝，腳上穿的是拖鞋，而且沒穿內衣，所以申廷俊應該有看到。當他看到膝蓋張開坐著的姐姐……還有姐姐的那個……我感到一陣暈眩。我閉上眼睛，咬緊牙根，以免自己尖叫出聲。我終於了解媽媽衝動出手用力抽打姐姐的心情。

之後我又去找了他幾次。已經問過的話，一問再問；已經聽過的話，又一聽再聽。甚至到後來，他講的話我差不多都會背了，所以當他有些遲疑或表達有誤時，我還能夠先一步提醒或更正。有時我們也會面對面無語地坐著。即使再也問不出什麼，我還是常去找他。原本以為找到他，聽聽他說什麼，所有問題就能迎刃而解，但是我該怎麼活下去，這個問題卻依然找不到答案。

第五次去找他時，他還是順從地開門。一踏進玄關，裡面傳出響亮的女孩聲，問：「哥哥，是誰啊？」那是他妹妹。儘管早已知道，唯一為他作不在場證明的證人是他妹妹，但還是對他有妹妹一事感到生疏。妹妹從廚房那一側露臉，她有張圓臉，且雙眼皮深邃，與有著長形臉和小眼睛的他毫不相似，就像我們姐妹一樣，長得完全不像。妹妹對哥哥投以詢問「我是誰」的眼神，不過她馬上就看出來了。

「為什麼又來了？」

我躊躇不前。

「我問妳，為什麼又來了？」

「我來這裡修皮鞋，然後……」

「修皮鞋？皮鞋怎麼了？」

妹妹瞪圓眼睛。

「這裡有修理皮鞋……」

「啊，這裡有修理皮鞋……但是我問妳為什麼來我家？」

「我不是要來吵架的，只是想來談一談。」

我脫掉鞋子，正打算往裡面走時，妹妹站在我面前擋著。

她的個頭相當矮小，連個子算矮的我都能俯視她的頭頂。

「要談什麼？哥哥說他能講的都講了。」

「不是那些，我是說其它的。」

「真好笑。大家都這麼說。妳來找媽媽和我，是要假裝若無其事地閒聊，趁機質疑我們所說的每一句話，日後再用荒唐的方式去追究。」

「我不是警察。」

「妳像警察一樣來調查，不就是想找些什麼來編造事實嗎？」

我嘆了口氣，遞出一袋香瓜。

「我帶了一點水果過來。」

「我們不需要這種東西。」

「我覺得很累，可以稍坐一下嗎？」

妹妹雖然沒說什麼，卻把身體稍微讓開。我把那袋香瓜放在左側廚房邊的餐桌上，然後拉椅子坐下。從第一次踏入這個家至今，我都是坐這裡。對面的廚房水槽上方有個小窗戶，洗碗時故意讓水聲嘩啦嘩啦大響的妹妹，頭頂幾乎就要碰到窗框。

我好像短暫小睡了一下，這時四周突然變得安靜，恍惚中感覺到一股外冷內熱的寒氣在全身擴散。猛然清醒，妹妹就站在我的前方，而他坐在客廳沙發上，將拐杖整齊地靠在沙發左邊的手把，正朝我們這裡看。

「我問妳吃過了嗎？」

妹妹正在問我。

「……什麼？」

我不自覺地猛搖頭。為了控制體重，我每天跳過午餐不吃，但是那天肚子太餓，所以買了一份甜不辣吃，也喝了兩碗熱湯。有吃東西的那一天，整個下午都充滿難以忍受的罪惡感。

「幹嘛那麼吃驚？這樣讓人家很不好意思。」

「啊，我沒有吃，只有吃一點點。」

「我們現在剛好想煎蛋來吃。」

「蛋捲嗎？」

「不，是荷包蛋。」

妹妹對著客廳問哥哥，是不是要吃兩顆蛋，接著就聽到「嗯」的回應。

「一個半熟，灑點鹽巴；另一個全熟，要加蕃茄醬。我們呢，每天都是這樣吃。」

我嚥下口水。

「我可以吃嗎？」

「真的嗎？妳要吃幾個？」

「我也要吃兩個。」

妹妹噗嗤一笑，轉身將平底鍋放在瓦斯爐上加熱，然後一邊轉身抓住冰箱手把，一邊問我：

「那要跟我們吃一樣的嗎？」

「好，都一樣。」

「ＯＫ，那就三個人都一樣！」

妹妹用力打開冰箱門，她的小手一次拿兩顆蛋，總共拿了三次。六顆令人愛不釋手的淺褐色橢圓雞蛋，隨即以滾動之姿倒臥在餐桌上。妹妹將蕃茄醬拿出來放一旁，不是罐裝的那一種，而是速食店給的扁形包裝袋裡拿出來的單包蕃茄醬。她同樣拿出三個，所以三個人每人一包，只要撕開後沾來吃就可以了。

妹妹在矮腳茶桌上放了三個茶杯，再將茶桌整個搬過來。我原本坐在對面，她使了眼神，示意我坐近一點。我一坐近，她在茶桌上擺好茶杯與杯墊，發出碰撞的清脆聲。

「哥，我從沒見過那位姐姐，聽說真的不是開玩笑的。」

「嗯，是，是啊。」

「哥哥覺得呢？」

「我呢……」

他淺笑了一下。我來到這裡之前，他們似乎有先聊過的樣子。我低頭看著用杯墊襯托的茶杯組，滿足地品嚐與他們共食荷包蛋的滋味。一開始妹妹用湯匙敲破蛋殼時，我差點嚇到身體縮成一團，心想要不要塞住耳朵，或是要不要躲到浴室裡，但我沒有那麼做。第二次、第三次，雞蛋「咔」地破了。我忍到第六次，並對此引以為豪。真的好久沒吃荷包蛋，也很久沒看到這種舊式的茶杯了。茶杯兩角突出的紅色花紋延續到杯墊邊緣，像在證明這是同一套茶杯組。杯緣與托盤內側有金銀色線條形成的邊框，還有拇指和手指必須輕巧捏住的細長手把，就像草食動物的幼子正朝我豎起纖細的耳朵。我心想這個家中的一切都是如此，老舊，貧困……到處都是久違的老東西。

「不過，她妹妹就是這位姐姐，也很漂亮，對吧？」

聽到她這麼說，我差點失手鬆開茶杯手把。所以先前他們講的是姐姐，現在講的是我。我低下頭，用食指輕撫茶杯手把。

我的姐姐，真的不是開玩笑的，但是妹妹竟然也說我漂亮。

妹妹拿香瓜過來削，韓曼宇則打開電視看。削皮後的香瓜露出清澄的果肉。

他看著電視的臉龐彷彿充滿某種自信，看起來像是在炫耀些什麼。或許是因為妹妹在自己身邊，又或許是因為妹妹不知道我姐姐有多美，但是他知道。無論是兩者中的哪一種，都無關緊要。妹妹把香瓜盤放在他和我的中間，對我們說：

「吃吧。哥哥你吃，姐姐也吃！」

韓曼宇吃過藥後，躺在沙發椅上睡著了。妹妹關掉電視，使眼色叫我一起進她房間。房間相當狹窄，她把原本放在客廳的茶桌搬進來，香瓜盤還在上面，茶杯組已經拿開，取而代之的是兩個玻璃杯。她拿瓶裝啤酒和開瓶器進房間，然後把門關上，感覺就像我們兩人偷偷躲進了小箱子。

「來杯清涼的啤酒吧，我們。」

啤酒的確清涼。我們一邊咔滋咔滋嚼著香瓜，一邊喝著啤酒。

「姐！」

妹妹睜著雙眼皮大眼看著我。

「我沒有姐姐，喊姐姐覺得很奇怪，但感覺很好。」

她比我小三歲，名字叫善宇，高中畢業後到超市負責銷售工作，過去四年大概換了五個地方。

「這裡的工作很奇怪，老是出狀況，對我們來說真的很不好。要重新接受教育訓練，轉換期間領不到錢，放假的時間每天都在改。可是姐姐，我呢，這些話一定要說。」

果真是要說這個！我猜對了。

「我想說那時，那一天晚上我在睡覺，但是哥哥十一點半左右回家，這件事是真的。他買了雙胞胎回來。」

「雙胞胎？」

我又咕嘟吞了口水。很神奇，進到這個家之後老是流口水和肚子餓。

「當時住的那個社區，市場角落有一家賣雙胞胎的攤位，哥哥一定都會去買回來。因為我愛吃，所以買給我吃，他都直接放在這張桌子上。我半夜起來吃，早上起床也吃，我好喜歡吃雙胞胎，那一家的雙胞胎真的很好吃。可是那家店十一點半過後就打烊，所以哥哥如果想買，十一點一定要離開炸雞店。

社長叔叔也知道這件事，他如果看到哥哥還在工作，就會催哥哥趕快去買雙胞胎。這樣一到隔天早上，雙胞胎就會放在這張桌子上。」

我想像一手拿著一袋買給妹妹的雙胞胎，另一手拿著磚塊往姐姐頭上敲打的韓曼宇，有可能這樣嗎？真的是這樣嗎？

「但是刑警叔叔不相信我說的話。他說這種事都是可以造假的，殺人魔連人都能殺了，還說我太過天真。他說那種事很久以前就有計畫，所以事先買好放著，說我被利用了。」

如果是殺人魔，會那樣嗎？提著一袋香氣四溢的現炸甜味雙胞胎，然後再用磚頭那種東西敲擊某個人的頭部，那種事有可能嗎？

「我呢，真的不了解，什麼計畫，還可以買雙胞胎回來？

那意思是哥哥從國二開始打工時，就是殺人魔嗎？什麼嘛！這種話太離譜了，真的。」

善宇又拿啤酒過來。我問起曼宇的腿，善宇的表情隨即黯淡下來。

「哥哥他啊，動過膝蓋癌的手術。」

膝蓋癌？第一次聽到這種癌症。

「第一次聽到吧？所以從左腳膝蓋截肢了，幸好沒有轉移到其它地方。所以啊，那是我們不知道而已，聽說骨頭也會長癌的。我因為哥哥，花了好多時間研究。發生在骨頭的癌症稱為腫瘤，也稱為骨腫瘤。據說這種病主要好發於年輕人，大概是十幾、二十幾歲的時候。所以就算生病，也可能不知道，而誤以為是肌肉疼痛之類的問題。哥哥入伍後，突然開始疼痛，都已經喊很痛了，還被說是裝病，所以就自己硬撐著。後來昏倒送去醫院，檢查後叫哥哥回家，叮嚀說回家後要去大醫院，哥哥就那樣被送回家裡來。真的是很齷齪、可恥。既然要送回家，那就早一點送；不然就等治療好後，再送回來，應該這樣做才對。可是他們怕惹麻煩，在想遮掩事實的同時，一切都遲了。醫生說如果能及時好好接受治療，腳或許還不需要截肢。但是爭論那種事是沒有用的，不可能贏得了軍方，也不可能贏得了醫院。剛好這件事扯上軍方和醫院兩個地方，所以手術費收完，就結束了。不過，姐姐，妳還滿會喝酒的耶。」

善宇再拿了啤酒過來。

「腫瘤也有不同種類，哥哥得的叫作尤因肉瘤。尤因是取人名諧音，最早發現這種腫瘤的醫生名叫詹姆斯．尤因，所以稱為『尤因肉瘤』。」

「尤因肉瘤？」

「是的，尤因肉瘤。」

我像唱歌般饒舌唸出這個詞彙。尤因肉瘤……尤因肉瘤……似乎是個漂亮可愛的腫瘤，就像沾黏在骨頭上的小香菇一樣可愛的小腫瘤。

他得了尤因肉瘤耶，尤因尤因；
他的左膝截斷了耶，尤因尤因；
不能再拖著鞋走耶，尤因尤因。

我問起他拖著鞋走路的習慣，善宇咧嘴笑了出來。

「妳怎麼知道的？就是因為鞋子太小了。」

鞋子太小就會用拖的？

「小時候啊，鞋子太小也沒有買新的給他，所以屈著腳穿鞋走路，順勢拖著鞋走，習慣這種步伐本身了。」

所以，嗯，步伐本身……拖著鞋子的步伐本身，如今已是過去式。不管是順著拖還是逆著拖，他都無法再拖著鞋走，已經註定就是那樣了。

「哥哥他啊，不太會說話，所以就那樣，很長一段時間……」

哥哥他啊，不太會說話，所以就那樣，很長一段時間……

因為喝醉酒，就悲從中來了。

哥哥呢……和我是不同父親。

妹妹的聲音聽起來很遙遠，像是來自地球的另一端。

哥哥叫韓曼宇，我叫鄭善宇，我們的爸爸是不同人，但兩個人都一樣，不知道跑去哪裡了。我們的爸爸，兩個人都靜悄悄地消失了。媽媽說那是因為心地善良的緣故，沒辦法拿錢回家，心裡有很深的歉意，所以安靜地消失了。她不是說他們跑了，而是說他們消失了。我們的媽媽，是個會這樣想的人。

聽起來像鳥鳴聲或水聲一樣，若有似無的聲音；像微風輕拂過耳畔的聲音；令人心如刀割的美麗聲音；愈是傾耳聆聽，愈覺得遙遠的聲音。

我呢，好擔心哥哥。腳痛真的不算什麼，我呢，怕哥哥消失怕得要命。怕他沒辦法拿錢回家，心裡太過自責，然後就安靜消失了。以前他也有過那種念頭。哥哥拚死命賺錢，是不是因為不想和爸爸他們一樣？還是因為不想消失？那種念頭，我哥怎麼辦，姐……

善宇確認手機簡訊，說媽媽要來了，剛從睡夢中醒來的韓曼宇表情瞬間大變。他轉頭看著帶有幾分醉意的我，大喊：

「走！快點走！」

我有些不知所措，不懂他的意思是什麼。善宇擋在我前面，說：

「為什麼要叫姐走？」

「妳不是說媽媽要來？她如果知道那些人來家裡，一定又會心痛的。走，快走！」

「那，那，就說姐不是那些人，不就好了嗎？說是我認識的姐姐，不就好了嗎？姐姐又沒做錯什麼，為什麼一直要叫她走？」

善宇哽咽地大喊，那一刻我也感覺平白受到委屈。我想要賴，不想再忍下去。在我決定大哭之前，眼淚已經順著臉頰滑落。他皺著眉頭，輪番看著哭喪著臉的善宇及正在掉淚的我。

「妳們為什麼……那樣？我也不知道。」

他放棄了，善宇轉過身來抱住我。

「姐，可以不用走了，不要哭。哥哥壞，好壞。」

我像個小孩子用拳頭拭去眼淚。想到眼妝可能四處暈開，又一邊輕輕按壓。雖然有些醉意，但我還是想到可以了解一下雇用身障者的相關法律，也可以問問會特別錄用身障者的廠商。總不能讓他整天看著電視，最後安靜地消失。所以必須讓他可以賺錢拿回家。

有的人生，就是毫無來由的殘酷，我們像可憐的小蟲子，身在其中卻看不清生命的殘酷。

也有料想過可能是這樣，果然，這對兄妹在食堂廚房工作的母親也是個頭嬌小，善宇更像是被殘酷擠壓過一般的矮小。一看到他們的媽媽，很奇妙的，我對未來該走向何處，以及該做些什麼，思緒愈來愈清晰。我也決定好生活的目標，首先我要離開媽媽獨立，媽媽絕不能被任何事連累。不過最後我還是會回到媽媽的身邊。

神，2015

博士，您好嗎？很榮幸見到您，久仰了。

因為想說一定要找博士諮詢，所以預約時間，也等了很久。最近博士在報紙連載的專欄，我都有好好地看；也讀過博士的著作《哀悼，美麗的告別》，深受感動，從此就成了博士的粉絲。我說粉絲，您聽起來會覺得輕浮嗎？會不會不喜歡這種表達用語？啊，謝謝您的寬容理解。

那現在可以開始進行了嗎？我在三年前經歷了非常痛苦的事……啊，博士您也知道？原來您已經知道了。因為報紙有寫出來，電視也有播出來，是嗎？聽認識的人轉述的？是啊，該知道的人都知道了。我當時經歷……經歷那件事後……有段時間過得很累，很辛苦。怎麼可能不辛苦？經歷過那種事後，我……對不起，對不起。不，不，沒關係，就先這樣，現在已經好多了。真的好很多了。請稍等一下，稍等一下……

我重新開始說。現在沒問題，沒關係的。我最近每天早上都會讀詩、寫詩，整理思緒。您不知道我寫詩嗎？我已經在文壇正式出道。您上的那間教會，還兩度將我寫的詩刊登在教會週刊上。哦？我怎麼會知道？像博士那麼有名的人物，我怎麼可能不知道您上哪間教會。最近您比較少去教會嗎？一忙起來，確實會那樣。像博士那麼忙的人，一定是那樣的。再怎麼忙，還是希望您這個星期日能稍微費神，抽個空去教會。

所以我在那件事發生之後……那件事發生後……啊，我是怎麼了？是的，我在那件事發生之後領受到神的恩惠，開始寫詩。一開始事情的發生，是因為我生完小孩後得到嚴重的憂鬱症，也就是產後憂鬱症。我聽說比較敏感的產婦，很多都因此得到憂鬱症。小孩……小孩嗎？一定要提到小孩嗎？我的孩子……叫睿彬……中睿彬……睿彬是天使，她真是個漂亮的孩子，大家都說沒看過像睿彬一樣漂亮的孩子。她漂亮的程度，連平常吝於讚美的公公都說漂亮。他說自己的兒子和媳婦到哪兒都不輸人，睿彬更是青出於藍，美得令人難以置信。她……她也……很漂亮……她小時候……應該也是……這麼漂亮……

她？啊，我一時有些心神錯亂。她……我是說睿彬……是睿彬。所以，先生也是對她深深著迷。是睿彬，我說的是睿彬。當我說我懷孕時，他也沒有特別……高興，就是一般男人的程度，大概那樣而已，真的沒想到日後會變得這麼瘋狂。睿彬一出生，當下他就有了一百八十度的轉變。什麼樣的轉變？啊，突然想起那天，想起那天的事，他抱著睿彬哄睡的那一天。我跟您說那天的事。睿彬不是普通難照顧的孩子，如果不是因為長得太可愛，他應該動不動就會生氣，想打她屁股了。尤其孩子睡前哭鬧很嚴重，不抱起來就不肯睡，抱起來還要搖晃許久才會睡著。但是他竟然願意抱著睿彬搖那麼久，哄到她睡著。我以為他是一個完全沒有耐性的人……啊，他的個性比較急，而且不是會為誰犧牲的那種人。但是那天，他抱著睿彬哄睡，抱好久，接著輕輕把她放到嬰兒床躺好，然後……就那樣靜止不動好一會兒，看著睡著的睿彬好久好久。他不知道我一直在旁邊看，因為不知道，才會那樣做吧。他看了好久，然後用嘴唇貼著睿彬的額頭，又是好一會兒。然後，然後……嗯，就哭了。一直哭，沒有哭出聲。他為什麼哭呢？我第一次看到他哭。

從高中到現在，我認識他那麼久，當然他在美國留學時無法碰面，總之我從沒看過他哭。或許他曾經在哪裡哭過吧，可是我沒有看到過。沒看過他在我面前或是在人們面前哭。但那時候，啊，那時候可能以為沒人在，才哭的吧？不知道我正在看，才哭的吧？但是那種情況，有什麼好哭的呢？到底那時有什麼事會讓人想哭？我看了之後，我……感到害怕，非常害怕。這種事不可怕嗎？我害怕到……好想就那樣死去，我只有這麼一個想法。為什麼？嗯，我不知道。雖然不知道，但我就是想死。因為我有憂鬱症，憂鬱到想死的地步。想對著浴室磁磚……砰砰地用力撞頭……撞到頭破……然後……頭部損傷……致死。那就……應該可以……死得一樣了。

是的，很嚴重。博士，我的憂鬱症就是這麼嚴重，所以很多想幫助我和想為我祈禱的人，都登門造訪。在那些人當中，有位上了年紀的女性詩人作家，她教我以詩療癒心靈的方法，還將她寫的詩集送給我。其實一開始，我不是很願意接受那位的關心。那一位笑的時候，淺綠色的假門牙看起來讓人不舒服，所以我有好幾次睡到一半時，做到身體差點被藍色鋸齒咬住的惡夢。我請她真的別再來了，繞著圈子跟她說了好幾次，她還是沒有放棄，甚至還帶了一群其他詩人過來，輪番朗讀。當時真是讓人不寒而慄。我都已經憂鬱到快死的地步，還要叫我從心裡把詩交出來，說詩寫好後，會幫忙登在她出版的雜誌上，一直胡說八道欺負我、煩我……所以這代表我是鳳凰嗎？她想利用我，讓氣數已盡的自家雜誌起死回生？我心裡感到疑惑，同時也覺得心煩。還有，她寫的詩真的不怎麼樣。她說已經寫很長一段時間了，怎麼還會那樣？所以我一直在躲她……

啊，話說回來……是的，沒錯。就在那時，發生一件可怕的事。那個糊塗的褓母，竟然沒發現孩子不在嬰兒車裡，就這樣推回家，怎麼可以這樣？我要是有一把消音手槍，真的就當場……您問警察怎麼做？警察也沒有好好調查，三天兩頭跑來家裡，問有沒有和人結怨，有沒有金錢糾紛，好像我們隱瞞了什麼天大的祕密，拚命想挖出來，然後追問一些荒謬的問題。唉，這些無聊又無能的警察。但是更讓人受不了的是公婆的態度。像警察那個樣子，照理早就該怒罵警方，要求他們認真調查才對，但是公婆卻突然要求停止調查。我也不懂為什麼這樣做。公公在心虛什麼？難道是因為以前那個事件？不，我不想提那件事，我又開始激動了。您知道那時候婆婆對我說什麼嗎？她說不能任由這樣把家裡搞得亂七八糟，孩子再生不就好了？……那樣說，瘋了……那是頭腦清楚的人該講的話嗎？啊，想到這裡，我感覺一股熱氣呼呼快衝上來了，就像臉貼近柴火一樣。我的臉是不是紅起來了？博士？沒關係吧？我可以先去一下洗手間嗎？好，那請您稍等一下，抱歉。

謝謝您等我。剛剛在洗手間突然想到一個問題，可以請教您嗎？博士，不是有「冷血男子」的說法嗎？是的，冷血男子！意思是冷血的人，感情冷漠的人，無情的人，對嗎？博士也有碰到過這樣的人嗎？博士療癒過很多人，應該見過吧？什麼？您問程度如何？是非常嚴重的那種人。可是那種人，是出生就這樣子嗎？還是在成長過程中，後天變成這樣的？您說兩種都有可能？也有可能是綜合的作用？

啊，我會聊這個話題，是因為一生中，身邊偶爾會遇見這樣的人。什麼？是我身邊親近的人嗎？不是，不是身邊親近的人，只是平常和周遭的人聊天，有的人不是會給人一種心寒的感覺嗎？寫詩的那位？不是。天啊，您竟然以為那一位是冷血男子，那一位可是情感豐富的人啊。還有，她是女性。啊，女性當然不可能稱為冷血男子。您問我在男性當中有遇到過嗎？不，與其說是男性，唉，這個話題好像談到這裡會比較好，一提到就心煩。這種話題，對我沒有什麼幫助。放輕鬆？什麼事？什麼放輕鬆？對冷血男子要怎麼放輕鬆？嗯，不要緊張……要沉著……把他甩遠一點……有那種特質的……慢慢地說……

好，我會的。那我試著放輕鬆說說看。說到特質……那種冷血男子，首先我說的話——我是指對於對方說的話，冷血男子都不會聽。聽是有在聽，但是好像有一堵牆擋住一樣，那些話會彈回來，這樣形容對嗎？是的，您了解那種感覺？還有……突然要想又想不起來，啊，對了，絕對不承認自己有錯，還有這個特質。自己做錯事卻否認，說絕對不是自己的錯。任誰來看，很明顯就是他的錯，但他還是說自己沒錯，堅持不是自己的錯，更令人氣結的是還反過來指責是你的錯。把什麼事都推給我，真是令人氣到跳腳。有時他們不講理的程度，讓人懷疑他是不是瘋了。還有更令人毛骨悚然的事，那就是他們根本把女人當成玩具，像娃娃一樣，完全任由他們擺弄。如果沒有順著他們的意思，他們就會表現出非常卑鄙、齷齪的神情，就算拷問也沒有像他們那樣。因為自己冷血無情，所以能夠若無其事地保持鎮定，被搞瘋的只有我。這些人會帶出去玩的，一定都是年幼的女孩，十九、二十歲，只和那種孩子，還有和她們同年的孩子……

博士，您為何這樣看著我？什麼？啊……您問我在說誰？是在說誰……我沒有在說誰。我只不過是放輕鬆地告訴您，我想到冷血男子時的感覺而已。通常那樣的人……是的，當然，是指一般的人。什麼？絕對不是，我不是在講個人的經驗，只是在講腦海中浮現的印象，也摻雜著一些想像。再怎麼說，自從開始寫詩以後，我的想像力就比其他人豐富一些，也比較具有能把人看透的直覺，比較有同理心了。

嗯？先生？我先生嗎？為什麼突然問起我先生？啊，我真的滿擔心他的。他對她，對睿彬可說是照顧得無微不至。我第一次發現，他竟然也有這一面。原本看起來像是不太喜歡小孩的人，卻從睿彬出生的那一刻開始，他的改變簡直讓人難以置信……啊，這些話我跟您說過了？我的孩子……週歲都還未滿的睿彬，現在已經三歲……不對，是四歲嗎？……那時候買的衣服和鞋子……衣服一次也沒穿過，鞋子也沒穿過……睿彬的嬰兒房還維持當時的樣子。因為他說不准清理。有段時間，他將自己關在那個房間裡不出來，那時候我真的很擔心。看起來，這個人現在似乎也無心好好做事了。他曾經是個對自己的工作一絲不苟的人，原本可以有一番大成就，以此自豪，但是這幾年他卻經常半途而廢，放任事情不管。到底是打算把自己的人生搞到什麼地步，讓人既煩惱又心寒。丈夫的人生如果整個毀掉，成了廢人……啊，當然會擔心。怎麼可能不擔心？您問我了解丈夫嗎？當然啊，我當然了解。但是您為什麼要問我這些？除了我，還有誰了解他？我完全了解他。他也說不再生小孩了，這一點和我的意見一致。我也不願意再為公婆添孫子。孩子不是可以再生嗎？再生不就好了？哈，真是讓人氣到說不出話來。

總之，我靠寫詩療癒自己，但先生連這種意志都沒有。近來他連教會都不去了。博士，這個星期日請您一定要去教會，請和我作個約定吧。什麼？約定，您不願意啊。我真的覺得……像我丈夫那種人，是無法獲得救贖的靈魂……真的很可憐。因為我已經獲得救贖了。我在讀詩、朗誦詩、寫詩的同時，

177

神，二〇一五

就像是認識了主一樣，能感覺到平靜與充實。我領悟到主已經盡最大的力量，想透過那位——我是指有假門牙的那位女性詩人來救贖我。即便是在睿彬……那件事發生時，我的想法似乎還很短淺，無法揣摩主透過那個事件服事的意思。如今我才知道，我身上發生的所有事，每一件都是主的服事。我領悟到，我在主的面前是完全無力與無能。這樣完全被動的喜悅，主所賜予的無論是幸還是不幸，我都會全部接受，日後也是，連死亡都欣然接受，博士能了解這種敞開心胸的喜悅嗎？能了解吟詩歌頌那種喜悅嗎？對我來說，詩是主的話，主的話就是詩。最近見到的每一位，都會拜託我幫主報或牧會地寫詩，因為推不掉，讓我相當困擾。但是在讚美主時，我希望我的詩能夠盡到微薄的力量……我常帶著這種心情寫詩，努力想要回報主。

博士，我想祈禱一下，請您等我。

主啊，我們的主，親愛的主，今天又是滿懷感謝……

啊，果然祈禱後，心情稍微輕鬆一些，頭也比較不痛了。是的，我平常有嚴重的頭痛，一到晚上，就劇烈到幾乎無法入睡而必須吃藥。這時只要祈禱，感覺就比較容易入睡。我沒有每天吃安眠藥，博士，我很好，有問題的是我先生。雖然希望博士能和他談一談，但他絕對不會想來的。他的未來將會一團糟，我非常確定。那時是晚上，我獨自一人祈禱，主像是用文字寫下一般，明確地告訴我。他的靈魂顯然已經到達死亡的峽谷。那一晚我記下主的話，我用詩背誦給您聽。

對半的兔子頭蓋骨，
殘留膿包的獅子身，
太神奇了！恩典，恩典，恩典～
太陽被山頭遮蔽，
覆蓋凍土的陰暗天空，
歌頌吧！恩典，恩典，恩典～

博士，您了解這首詩的意思嗎？即便是頭部破裂，全身腐爛，太陽消失，大地凍結，還是要歌頌「恩典，恩典，恩典」，您知道是什麼意思嗎？這個意思是說，我們除了讚揚和崇拜主，向主祈禱和祈求救贖外，什麼都不需要做。不可能做任何事。我們是空虛的，而我們所擁有的一切全都是向主借來的。

雖然我已經獲得救贖，喔，主啊，恩典的主，感謝主。可是博士，救贖不會一次就結束。我們時時刻刻都必須獲得救贖，請博士也一定要獲得救贖。未被救贖的生命，是被詛咒的生命。那種生命死不成，結束不了，是永遠留在地獄火之中的生命。這可怕的真理，必須全心全意地用全身去領悟。我會每天為博士祈禱，祈禱。

腫瘤，2017

研討會結束後的晚宴選在附近的烤五花肉餐廳，參加者依序進入併成長桌的位子就座。我背靠牆，坐在大約中間的位置。服務生端來小菜和碗筷，大家開始忙著拿筷匙和杯碗。我用濕紙巾擦拭雙手，看著男研究生將五花肉夾到燒熱的石板上。

對面壁掛電視正在播出晚間新聞，正當大家夾著肉攪拌蔬菜沾醬時，主播的一句話穿越人們的喧囂，清晰地傳入我的耳裡。我抬頭看，電視畫面上方是選手在橢圓形場地的冰上奔馳的模樣。主播以悲壯的聲音，傳達短道競速國家代表選手因肩膀惡性骨腫瘤死亡的消息。選手是在治療手肘傷時偶然發現罹癌，這種癌症稱為「腫瘤」或「骨腫瘤」……

骨腫瘤，聽起來雖陌生，卻是很多人早晚至少會聽過一次的病名。而我又是怎麼知道骨腫瘤的？我陷入了沉思。周遭似乎安靜下來，環顧後發現大家正注視著我，坐在對角線的指導教授好像在問我話。我看了一旁的講師，他告訴我：「酒，在問妳要喝什麼酒？」原來已到斟酒舉杯的時間。我舉起燒酒杯向指導教授伸過去，在酒杯斟滿後乾杯。看到指導教授，我想起離碩士論文的中間發表時間已經不遠。就在瞬間，一段陰沉的記憶如蛇一般「嗖」地推動肚子，進入我的腦海裡——國立圖書館，還有多彥。

大概是去年十一月中旬左右的事了，當時我在國立圖書館一樓的物品保管箱前遇見多彥。多彥先認出我，喊了尚熙姐。如果不是多彥先認出我，我恐怕無法認出她。大學時期曾在圖書館前的階梯偶然相遇，至今已過十年。儘管過了很久，多彥的改變仍是再次令我驚訝。短捲髮，戴眼鏡，比以前更胖。她身穿茄色連帽外套，配上黑色棉褲，寬大的連帽外套顯得不平整，像是裡頭藏滿了樹枝什麼的。穿上運動鞋的她似乎變矮了。乍看以為比我年長三、四歲，仔細端詳脂粉未施的臉，卻是白裡透紅。如果不是以前曾在圖書館前偶遇，或許我會更容易認出她也說不定。要不是因為那段日子，黃色連身洋裝的奇異形象已經像楔子般深刻嵌入，如山谷中少女般的女高中生多彥，變成如山谷中的女人模樣，這種變化是再自然不過的。

話說回來，當時多彥為何對我提到骨腫瘤這個疾病？我仔細回想脈絡，卻是一頭霧水，沒有談論疾病的相關記憶，但是對多彥談到骨腫瘤時的嚴肅表情與聲音卻還有印象。是誰罹患了骨腫瘤？大家酒興一起，餐廳人聲逐漸吵雜，連音量開到最大的電視聲都聽不清楚。有人嫌吵，用手機程式關掉電視，但是吵雜聲依舊，我無法再多想什麼。直到在聚會解散後返家的地鐵上，我才記起遇見多彥時的大部分細節。

那一天我去國立圖書館找論文所需的資料複印。我將背包放在物品保管箱後，正想往入口走去，才發現忘記把皮夾帶出來。我再度回到物品保管箱那裡翻找背包，但是皮夾沒有在背包裡，大概是放在家裡沒帶出來。就在我慌張翻找外套口袋時，聽到有人喊尚熙姐。

「在找什麼？」

多彥的態度自然大方，彷彿我們經常碰面。我說皮夾好像放在家裡，她說沒有掉就好，她以為我需要錢，還把自己的皮夾掏出來。我說不是錢的問題，而是皮夾裡有我的圖書借閱證。

「那就申請一日借閱證，這樣馬上就能借了。」

我反覆說不是那個問題，同時解釋申請一日借閱證需要身分證，身分證也在皮夾裡。

「啊，原來如此！」多彥笑了。她的笑聲響亮清晰，我再次大吃一驚。

「去圖書館要做什麼？需要我幫忙嗎？」

「其實我是想去影印資料。」

「要我幫妳印嗎？」

「那個，找資料有點複雜。」

「姐，那要不要拿我的借閱證進去印資料？」

這是個好點子。進出圖書館要感應條碼，只需刷借閱證即可，不用另外確認是否為本人。這個建議很吸引我，但是對多彥不好意思。多彥說不用不好意思，就把自己的借閱證掏出來交給我。

「我很快就會印好出來，妳要在哪裡等我比較方便？」

「我在一樓的休息室等，您慢慢來。」

於是我拿著多彥的借閱證進了圖書館。

當我抱著影印資料回來時，多彥正靠在休息室窗邊講電話。突然間我聽到熟悉的名字。我真希望當時沒有聽到這個名字，我聽到多彥以充滿喜悅的口吻在問：「媽，惠恩呢？」聽起來像是在問：「海彥呢？」惠恩和海彥是發音相近的名字。

多彥一邊說：「啊，真是的。」一邊大笑。我迅速後退，與多彥拉開距離。雖然不是刻意偷聽，但要是被她發現我聽到這個名字，似乎不太好。我心中升起一股模糊卻又鮮明的恐懼。多彥講完電話回頭看，我正好從適度的距離外向她走去。

「姐，都印好了嗎？」

她面帶微笑，我說已經印好了，多虧她幫忙，同時將借閱證還給她。

「這裡坐久了，感覺有點奇怪。」

聽到多彥這麼說，我看了一下四周，稀落的沙發椅上坐的多半是上了年紀的男人，休息室裡有像氣喘似的大嗓門一來一往的對話，以及類似石灰的混濁味，還有隱隱的男性化妝品味和三合一即溶咖啡的香氣。老人大致具有穩重且無力的氣質，多彥說了與他們有關的幾項趣聞：比方說穿著穩重的老人為了搶自己喜歡的菜比較多的餐盤，而故作腳步蹣跚；各自對老人間常見的爭論提出荒謬的詭辯，或是將抓不到重點的冗長爭論，用從天而降的愛國論瞬間空洞地縫合等等各類的故事。不知為什麼，那些話題令我感到不舒服。

「妳好像常來。」我轉移話題。

「算是常來的。」

仔細回想，我碰到多彥的地方不是文藝班，就是圖書館，都是在以語言為媒介的空間相遇。

「來做什麼，看書嗎？」

「不是看書……來寫些東西。」

「寫什麼？寫詩？」

多彥搖搖頭。

「不是的，姐，不是寫詩。我完全寫不出詩。」

那是寫什麼？多彥看到我眼中的疑問，臉上稍微露出猶豫的神色，她回答說應該是類似懺悔錄吧。在我進一步追問是什麼之前，多彥再度把焦點轉移到老人身上——關於他們的硬朗、神經質、對雞毛蒜皮小事的執著，還有關於像機器內建裝置般自動脫口而出的語彙，以及像鳥類群舞般有條不紊的行為。多彥輕咬著嘴唇，說這個地方不像圖書館，而是像博物館。博物館的說法讓我聯想到「標本」，我自然而然憶及父親入殮時的遺體，我也不自覺地開始喃喃自語。

如果父親還健在，大概也會是那些老人當中的一個吧。

「姐的父親過世了？」

多彥吃驚地問。

「前年春天，因為肝癌。」我簡短地回應。稍後我提到影響父親一輩子的軍人精神，也提到那種偏狹與單純曾經多麼令我感到窒息。我因為父親而念師範大學，成為老師，父親過世後又辭掉教職，進研究所念書。雖然我沒有因此而討厭父親，但好像也不曾愛過他。我對多彥說。

「那些事至今依然讓我心亂。」

語畢，我的心果真又亂了。我眼中所看到的父親，竟然與多彥眼中看到的圖書館老人一樣，分毫不差，甚至還對多彥評論老人的話感到莫名的不舒服。父親真的是那樣的存在嗎？就是那樣的存在嗎？

多彥儼然像個大人，她說：「面對無法重來的事，陷入混亂在所難免。」

是這樣的嗎？我含糊其詞地回應。

「死亡，終究是在生者與死者之間畫出一條明確界線的事件。像是死者在彼端，而其他人在此端這樣。」多彥用認真的語氣說：「一個人不管偉大還是潦倒，死亡都會在死去的那個人與其他全人類之間，斷然畫出一條令人心生恐懼的界線，每個人的結局都一樣。如果誕生是『拜託讓我加入你們』的非本意屈從合流，那死亡就是『你們通通出去』的強力排除，所以我覺得斷絕一切並使其無法重來的死亡，比起讓一切能夠持續的誕生，更為公平無私，也更崇高。」多彥好似朗讀書本般侃侃而談。我心想，這是長期以來壓實的土壤吧！多彥對死亡的觀念，我再怎麼細嚼都難以吞嚥，所以對我來說反而比老人的那些話題更恐怖，聽起來更貼近死亡。

「死亡將我們變成破爛殘渣，瞬間就成了多餘的存在。」

聽到這句話，我突然想起海彥。想到海彥的美——曾經一下子讓所有人變成多餘的存在，如此具有壓倒性，甚至令人懷疑是否真實存在過的美，我的思緒不自覺開始晃動。

「有人問過，誰在活著的時候，也能讓我們變成『多餘的存在』？舉例來說……」我猶豫了一下，說出了那個名字。「我說的是海彥。在海彥面前，我們真的稱不上存在。」

多彥笑了，就像很久以前在圖書館咖啡店遇到時一樣。接著她陰鬱地皺了一下眉頭。

「尚熙姐，我有跟妳說過嗎？姐姐改名字這件事。」

我說沒聽過，多彥才告訴我，海彥原來的名字是惠恩。「但是爸爸……」多彥繼續說下去，我雖然試著集中注意力想聽她說什麼，但是沒有成功。因為剛才偷聽到多彥講電話的內容，多彥的話一直在耳邊迴響：「媽，惠恩呢？……媽，海彥呢？」到底多彥講出來的名字是哪一個？惠恩……海彥……媽……

多彥忽然直視著我，為了表現出我正在認真聽的樣子，我和多彥對視一眼，點了點頭。

「媽媽至今仍然深信著。是的……至今仍然如此。」

說完這句話後，多彥緊閉著嘴。雖然不知道她的母親仍然深信什麼，但有一件事很清楚，那就是多彥母女確實有另一個海彥或惠恩存在，這讓我不禁生起一股涼意。

腫瘤的話題並未在一樓的休息室聊到。我們離開休息室，到物品保管箱去找各自的背包，然後走出這棟建築。多彥說想抽根菸，於是我們走到吸菸區的長椅上坐著。我想請多彥吃晚飯，問她時間方不方便，她爽快地回應好。問起她喝不喝酒，她笑著說當然有喝。我說，酒也讓我請，多彥又笑了。她彷彿在說：「姐，就那樣做吧，我會經常保持笑容的。」看到多彥那樣，我的心是沉重的。

趁多彥抽菸時，我繼續想著惠恩或海彥存在的問題。想到一半，不知為什麼突然想起了尹泰琳。或許是因為之前在大學圖書館咖啡店碰到多彥時，她問過我是否曾與尹泰琳聯繫。當時我回答說偶爾會在同學會見到。多彥雖然問了我的手機號碼，但之後並不曾為了問尹泰琳的聯絡方式或因為其它事而找過我。

多彥抽完一根菸後，又點了三根菸。愈來愈多人在克制抽菸的同時，又會像這樣一次集中抽。話說回來，多彥是何時學會抽菸的？她現在還會想問尹泰琳的聯絡方式嗎？我也很久沒見到泰琳了。泰琳和申廷俊結婚之前，有來同學會發喜帖，之後就再也沒出席過同學會。或許是因為我們當中沒有任何人去參加婚禮，他們心生不滿，所以不來同學會。

多彥依然津津有味地抽著菸。幾年後我在同學會聽到尹泰琳的幼女遭誘拐的事，那不是傳聞，而是事實。褓母說孩子坐在嬰兒車裡，她只是暫時離開一下，回到家後才發現嬰兒車裡的孩子已經不見了。她一直推著嬰兒車，怎麼可能沒發現孩子不見了？褓母說完全沒有發現。因為嬰兒車的車罩拉下，下方置物籃又裝滿各種嬰兒用品，加上她將在有機農產賣場買的牛奶、水果、果汁掛在手把上，所以感覺不出重量差異。警方推測褓母行經的動線，認為最可疑的場所首推有機農產賣場，因為褓母說她將嬰兒車推到櫃檯後方的角落停好後，曾經與賣場員工有短暫的爭執。

我們一位同窗說：「所以啊……」一邊用手指在桌上畫出一條長線。同窗說：「這裡是櫃檯，這邊是賣場。」然後又說：「就在這條線對面的某個角落，大概就是停放嬰兒車的地方。監視器可以拍到賣場裡的櫃檯，於是正後方就成了死角。」同窗再說：「所以應該是那時候有人從嬰兒車把孩子抱走。」

當時我有種很強烈的既視感。海彥死後，同學們在黑板上畫著各種示意圖，或是標上各種尺寸數值，各自推論兇嫌是申廷俊或是韓曼宇的畫面，同時在我腦海中交疊，揮之不去。現在想起泰琳，是否也起因於那種既視感，以及那樣的交疊？

多彥第二度將菸捻熄在菸灰缸裡。她問我：

「姐相信神嗎？」

「神嗎？」我問她：「好像不信，妳呢？」

「我目前還不相信。」

我反問：「這意思是指有相信的可能性嗎？」多彥回答不是。

「想要相信……但是無法相信。就算死了又復甦，這個世界依然到處充斥著許多難以令人理解的事，這叫我要如何相信神呢？」

接著，多彥就像提到圖書館休息室裡的老人時一樣，以快速的語氣大談一些令我抓不著頭緒的話。

「比方說地球上某個地方，有個小女孩出生了。這個孩子出生在貧窮的家庭，經常餓肚子、挨打，在垃圾堆裡翻找東西，還因此感染疾病，眼睛失明。她十二歲時遭到集體性暴力，被亂刀刺死，最後甚至被丟棄在她一生都在那裡徘徊、翻找食物的垃圾場。即使這樣，我們還是能相信神嗎？」

我一開始不懂多彥為何要講這些，但是在聆聽的同時，我也慢慢受到吸引。不過吸引我的不是她所講的內容，而是形式——也就是多彥的態度。在多彥的話裡，我感受到極度的淒涼，那種淒涼超越了多彥單純看似孤獨的層次，它是來自於多彥的被孤立——一種被人們隔離的狀態，不管是出於自己的意願還是他人的意願。

多彥大概想冷靜一下，她先深呼吸，然後又繼續說：「比方說，有個男孩子出生在這塊土地上的某處，他是一個只有矮個子母親和妹妹的家庭裡的長男，所以家裡買不起新鞋，從小只能拖著鞋子走。十二歲起一邊賺取微薄收入，一邊上學。十九歲背負殺人的罪名，遭警方毒打，受到鄰居指指點點，還被趕出學校。後來去當兵時，又發現罹患腫瘤，做了腿部截肢。」這是我第一次從多彥口中聽到「腫瘤」一詞。「接下來『因病轉役』，帶著殘疾之身在洗衣廠工作，負責整燙衣物，受到火傷，最後腫瘤擴散到肺部，三十歲去世。即便發生這些事，我們還可以說這是『神的法則』嗎？」

我感知到多彥有些長期以來一直想找人傾吐的心事，但有些終究說不出口，所以只能虛無地盤旋在遙遠的邊際。

「姐，這一切都是神的法則，即使瞭望台起火，船隻沉沒，也都是神的法則。必須很有自信地說出這些，才稱得上相信神，不是嗎？我就算死而復甦，也說不出這些話。那不叫法則，叫無知！一切都是神的無知，應該這樣說才對。不懂的是神，就是那樣……」

這時多彥的手機響了，多彥從長椅上起身確認來電號碼。可能是意識到我在旁邊，所以她在保持足夠的距離後，才轉身講電話，使聲音不至於被我聽到。我知道多彥要說的絕不是毫無頭緒的長篇大論，那些話細微而隱約地指向具有某種意義的目標。十九歲背負殺人的罪名，難道那是……？在我想起他的名字之前，腦海中先浮現的是以「恨滿……唔唔……世間」開頭的歌曲。是的，韓曼宇，是韓曼宇嗎？罹患腫瘤死亡的那名男子是韓曼宇嗎？和我同年的他在三十歲離開人世了嗎？

「姐，怎麼辦？」講完電話回來的多彥問我。

「想說一定要和姐吃一頓晚飯，但我得先走了。現在有事。」

多彥的表情不見黯淡，應該不是什麼不好的事。「那麼，姐！」多彥像惡作劇般微笑，她問：「就算不相信神，也要相信詩！妳相信詩吧？」

「我當然相信詩。」

我也微笑了。腦海裡突然閃過媽媽說的話，我想跟多彥分享。「父親過世後，媽媽經常習慣性地掛在嘴邊說：『如果油沒有浮上來，妳老爸或許會死得更早。』然後一邊將排骨湯或燉牛肉浮起的白色凝固油脂，撈起來收集。」

「她說……如果油沒有浮上來？」

多彥問我。

「這句話和『如果海洋是陸地』★是一樣的意思。」

多彥聽到我的話，笑得像自行車鈴聲一般叮鈴叮鈴響。

「還是媽媽厲害。這應該是我至今聽過最沒有加油添醋的哀悼。」

「對生平『油一邊撈、一邊餵掉』的存在？」

「對啊。天啊，『油一邊撈、一邊餵掉』？我們尚熙姐果真是詩人。」

我們就那樣笑著，然後又像突然想起什麼似的，從長椅上起身揮手告別，像是明天馬上就可以再碰面的兩個人。我什麼

★譯註：一首發表於一九六七年、描寫思念故鄉心情的名曲。

都沒問，包括多彥住的地方和聯絡方式。就算問了，她也未必會告訴我。

之後，我常去國立圖書館，甚至決定在那裡完成碩士論文。每次去都會試著尋找多彥的身影，但卻沒碰到自稱常來圖書館的多彥。在某個瞬間，我忽然頓悟到一件事，多彥從遇見我的那一天起，就再也沒來過圖書館，以後應該也不會再來了。當然多彥也不可能再來圖書館，坐在吸菸區的長椅上抽菸了。

多彥說過：「一定要和姐吃一頓晚飯。」當時我腦子裡想的都是尹泰琳和韓曼宇的事，便沒有把這句話放在心上。現在回想起來，那句話已經透露她不打算再和我見面的念頭。「一定要一次」，然後「永遠不再」，就是這個意思。她在躲我！而且不只是我，凡是知道許久以前那樁案件的人，她都想躲避。她必須如此，必須讓自己的存在，被這個世界孤立、遺忘！所以她增胖、戴上眼鏡，並將身體藏在有如巨大蠶蛹的茄色連帽外套裡，是這樣嗎？又或者，這樣做是為了避開可能存在的目擊者？

步出地鐵站時，我心想或許這所有的想像，都是無可奈何的誤解和妄想。不過如果不是這樣，如果我的推測全都是事實，那麼韓日世界盃開打那一年所發生的事件，至今仍然沒有結束，而且以後也不會結束。一直到多彥的生命結束為止，甚至在她的生命結束之後，都還會持續。我完全無法想像，未能終結的殘酷，在一個人的生命中會是怎樣的重量。

斜陽，2019

有一段時間，我無法踏入韓曼宇待的那家洗衣廠一步。雖然去過幾次，但大老遠就感應到奇怪的嗡嗡聲，讓我心生恐懼而轉身離開。

那天我鼓起勇氣站在洗衣廠開啟的入口前，廠裡盡是潮濕與熱氣，同時伴隨著裝滿待洗衣物的洗衣桶落地的砰砰聲，以及使勁拉扯布匹的啪啪聲。我想這些聲音應該還能忍受，於是向前再跨了幾步。接著傳來捶打的鐘聲、刀刃的高速切換聲、尖錐扎下的聲音，各種有如呼吸急促或悲鳴的聲響慢慢在耳邊放大，同步拉近到眼前，我覺得應該沒辦法繼續往前走了。

正想回頭步出工廠時，我從掛在軌道衣架上的迴轉衣物空隙間看到了韓曼宇。就在我發現他平靜而削瘦的臉龐那一刻，小小的奇蹟發生了，那些令人毛骨悚然的聲響竟沉寂下來。

不，不是沉寂，應該說是轉換成另一種型態。

原木像放縱刺耳的金屬片所發出的尖銳聲，此時開始凝聚滾動，以為它會像巨大的雲團一樣鼓脹，結果卻像泡沫慢慢幻滅，接著各種聲音都回復成它真正的原音。洗衣機嗡嗡的運轉聲、烘衣機轟轟的啟動聲、計時器的嗶嗶聲、蒸氣熨斗的嗖嗖聲，都彷彿工具箱裡收納好的工具，得到自己的原味聲音，而不再是鞭打、攻擊我的怪聲。

我聆聽這些聲音，宛如生平初次聽到一樣。嗯，聲音是要用耳朵這樣聽的，不是用眼睛看，聲音就只是聲音而已。雖然已經鎮定地持過咒，但那個地方依然吵雜喧鬧。

我走進工廠內的狹窄通道，經過將待洗衣物分類並區分髒汙程度的男性老人身邊，經過戴著橡膠手套以清潔劑刷洗髒汙部位的女性老人身邊，又經過替旋轉中的人形模特兒快速穿上襯衫與西裝上衣的中年女性身邊。善宇曾經說過，韓曼宇初進洗衣廠時也是做這些單調的工作，不過他現在固定負責人形模特兒的最後一站。人形模特兒身上所穿的衣服，會先用依模特兒體形設計的人形蒸氣設備做初次熨燙，然後依序脫下放在韓曼宇面前。

他坐在椅子上，將送到自己眼前的每一套襯衫與西裝攤開在工作檯上，用蒸氣熨斗把衣角不平整的部分細心燙平。炸雞店老闆曾說他很有工作的頭腦。右手握著蒸氣熨斗，左手輕巧地抓起衣領和衣袖、前端、內裡等處熨燙，動作敏捷快速，連善宇都不相信說哥哥的手和手臂上滿布著燙傷的水泡。他完全不覺得蒸氣熨斗高溫或是危險，而且熨斗儼然成為他右手的一部分或是延長。經由他巧手整理過的衣服被掛上衣架，套上塑膠袋，然後沿著軌道送出去。

稍後他換個位置，開始燙起被單。左腋下拄著拐杖，右手像抓長槍一樣握著與軌道連結的長蒸氣熨斗。將固定在架子上的被單拉緊後，他隨即踩著一跛一跛的碎步往旁邊稍微挪移，同時伸拉熨斗，在被單上方來回劃著直線，規律的熨燙速度與軌道的精準度在被單上方完美呈現。剛從烘衣機拿出來的起皺被單，在彷彿游標尺一樣橫向移動、縱向來回的熨斗速度與操作下，變得完美平整。

在我眼中，他看起來不像在燙被單，而是在編織新被單。我看著他燙被單的樣子好　會兒，他因癌症化療而掉髮的光頭，在蒸氣熨斗噴出的白色霧氣那一端閃閃發亮；嶄新而耀眼的被單，也在他每一個完美協調的動作下陸續完成。當我轉身被高低不平的洗衣廠地板絆倒的那一刻，甚至在他死後好長一段時間，我都清楚記得那個畫面。

我沒有參加他的告別式，和善宇也早已斷了聯繫。不過有時我會禁不住思念起他們兄妹，還有想念那個家裡散發出來的熬豬骨氣味，以及用粗短手指頭細心拌著煮湯用的白菜梗的嬌小母親。雖然他們還會繼續住在 A 棟三〇一號，但我無法踏進那個家半步，也不會去店裡轉角的修鞋店修理皮鞋，更聽不到店裡二樓教會傳出的讚美詩歌聲。我可能很長一段時間，說不定是一輩子都不會再見到他們。

他們母女心中滿懷善意，這點我比誰都清楚。但是萬一申廷俊和尹泰琳這對夫妻把許久以前的那件事告訴警察——雖然我認為他們應該不會這麼做，但是如果他們有稍微提到一點，警察就會開始找韓曼宇的家人。現在他死了，警察就會審問和監控她們母女。在各種誘導訊問下，這對個頭嬌小的母女可能會不經意提到我，不帶惡意地說我什麼時候去找過他們，以及如何消除心中疑慮進而開始與他們親近。然後警察將不會放過我。

我很納悶，難道我們生命中的一切真的毫無意義可言？不管怎麼尋找，也不管怎麼編造，沒有就是沒有嗎？這個世界只會留下恨嗎？就算是活著，就算是處於喜悅與恐懼交錯、平靜與危險混雜的生命中，其本身都無法成為意義嗎？左腋下拄著拐杖，右手握著長蒸氣熨斗燙被單的韓曼宇，難道不比世界上任何一個人，甚至比在他肺裡擴散的癌細胞，過得更有活力？以往我的姐姐海彥常會不經意地，毫無禁忌地將腳伸到沙發或汽車座椅上，膝蓋微張地坐著，她當時不也像即將飛走的小鳥，過著溫暖而盈香的生活嗎？僅是剎那的每個瞬間，難道不能視為生命的意義嗎？

如今他們已經死了，不在世上。透過韓曼宇的死亡，我才開始能夠哀悼姐姐的死亡。我能理解姐姐的人生，就如同理解他的一樣，那是被痛苦地破壞掉——不只是完美的外形被破壞，而是活生生的人生點滴被破壞。他們死了，我卻還活著。活著，如果僅是活著就足夠的話，那其它事也不用再多想。我還活著，過著一天又一天，有母親和年幼的惠恩，以及沒人知道的罪惡感與漫長的孤獨陪伴在我身邊。

偶爾我會想到第一次去找韓曼宇時，那一天怒火中燒的憎恨。我腦中盡是尖酸的詛咒，想說他的斷肢是天懲，想說他的病絕不會痊癒。我想到背靠著廚房小窗邊坐著的他提起膝蓋的那一刻，也想到他經常咧著嘴的笑容。他的笑容，是將原本像醃黃瓜的臉熨燙成有如鮮脆小黃瓜般白淨的笑容，是一度令我感到強烈厭惡而怒視凝望的笑容，更是他對一名少女的純樸真心所擠出的愚蠢笑容。

我想像著，十九歲少年騎著外送用的輕型摩托車來到十字路口，後座坐的是一名眼角上揚、嘴唇紅潤的美麗少女。當交通號誌變換，摩托車就要啟動的那一刻，少女的手會輕輕攬著少年的腰間兩側。少女的手像羽毛般溫暖輕柔，她穿著背心搭配短褲，嗓音和氣息掠過少年耳邊，在他布有細紋的雙頰上，瀰漫起一股短暫生涯中從未感受過的喜悅，其中又隱含了未知的恐懼。他穿越喜悅和恐懼的交岔路口，飛速地跑去，朝著明亮六月向晚的夕陽裡。

作者的話

人無法平凡地生、平和地活、平靜地死，
明知這是再自然不過，
我卻覺得，最為恐懼，
雖然恐懼，即便恐懼，
還是無法抛棄生命的實相。
生命的反面，是平凡嗎？
所以我想，我在書寫的，
是否即為無法平凡之生命的恐懼？

於是現實中許多不平凡的人生，成為故事，
對人生的恐懼與人生帶來的痛苦，是否能就此產生意義？
所有生命，有各自耐人尋味的曲折，
是那獨一無二的紋路，吸引著我們不放嗎？
人生絕對無法平凡、無法平和、也無法平靜的事實，
總是理所當然，卻又出人意料，
顯得怪異，卻又引人好奇，
帶來恐懼，卻又令人著迷，
所以我想，是否因此
我們才經常聽著、讀著、寫著生命的故事？
想起平凡地生、平和地活、平靜地死，

這再怎樣都難以想像、毫無可能的人生——
不過，不可能是另一回事，
所有人與所有生命
期盼得以平凡、平和、平靜的心，
祈求就算僅有一次，
世界上的某個生命——
哪怕只是一隻蜉蝣，
也能平凡地生、平和地活、平靜地死過；
祈求能有一次，
曾有那麼一次，存在過那不可能的人生，
我想，這顆懇切祈求的心是由何而生？

或許，是因為這不可能的渴望，
這渴望像巨幅的畫布邊框，
將未能平凡的生命裡豐富多彩的風景牢牢抓住，
再緊緊拉扯，
每個生命和每個故事才能像被盛裝的沙，
不至虛無渙散且保留了下來，是嗎？

因此我想，
將您期盼人生能夠平凡、
別那麼痛、可堪承受的心，
美麗而堅定地
種在您未能平凡的生命中央，

種在您疼痛、恐懼、難以承受的生命之間，好嗎？

我正在想像您，

比起情愛，更多的是艱難。

權汝宣　二〇一九年四月

小說精選
黃檸檬

2021年4月初版 定價：新臺幣320元

著者	權汝宣
譯者	蕭素菁
叢書編輯	黃榮慶
校對	李偉涵
內文排版	李偉涵
封面設計	鄭婷之

出版者	聯經出版事業股份有限公司
地址	新北市汐止區大同路一段369號1樓
叢書編輯電話	(02)86925588轉5307
台北聯經書房	台北市新生南路三段94號
電話	(02)23620308
台中分公司	台中市北區崇德路一段198號
暨門市電話	(04)22312023
台中電子信箱	e-mail：linking2@ms42.hinet.net
郵政劃撥	帳戶第0100559-3號
郵撥電話	(02)23620308
印刷者	文聯彩色製版印刷有限公司
總經銷	聯合發行股份有限公司
發行所	新北市新店區寶橋路235巷6弄6號2樓
電話	(02)29178022

副總編輯	陳逸華
總編輯	涂豐恩
總經理	陳芝宇
社長	羅國俊
發行人	林載爵

行政院新聞局出版事業登記證局版臺業字第0130號

本書如有缺頁，破損，倒裝請寄回台北聯經書房更換。 ISBN 978-957-08-5738-2 (平裝)
電子信箱：linking@udngroup.com

國家圖書館出版品預行編目資料

黃檸檬/權汝宣著．蕭素菁譯．初版．新北市．聯經．
2021年4月．224面．14.8×21公分（小說精選）
ISBN 978-957-08-5738-2（平裝）

862.57 110002946